KB274873

바라_만 보아_도 눈물_이 난다

바라만 보아도 눈물이 난다
김미자 에세이

초판 인쇄 | 2008년 08월 25일
초판 발행 | 2008년 08월 30일

지은이 | 김미자
펴낸이 | 신현운
펴는곳 | 연인M&B
디자인 | 이희정
기 획 | 여인화
등 록 | 2000년 3월 7일 제2-3037호
주 소 | 143-874 서울특별시 광진구 자양동 680-25호(2층)
전 화 | (02)455-3987 팩스 | (02)3437-5975
홈주소 | www.yeoninmb.co.kr
이메일 | yeonin7@hanmail.net

값 10,000원

ISBN 978-89-6253-006-3 03810

연인 M&B

김미자 에세이

바라만 보아도 눈물이 난다

양가 어른을 바라만 보아도 눈물이 난다. 노을 속으로 사라지는 해를 보는 것 같아서, 언젠가는 보고 싶어도 만날 수 없기에, 함께할 수 있는 시간이 많지 않다는 생각에 미치면 목이 멘다. 자식들과 맛있는 음식을 먹거나 좋은 것을 보면 연로하신 양가 부모님이 생각난다. 이제야 철이 드는 모양이다.

바라만
보아도
눈물이
난다

　혼히 수필을 여기문학(餘記文學)이니 신변잡기(身邊雜記)니 하며 경시하는 경향이 있습니다만, 사실이 그렇더라도 작가는 자신의 삶을 진솔하게 표현하여 혼신을 다해 쓴 작품들이기에 소중히 여길 수밖에 없습니다.

　신변잡기이면 어떻습니까. 한 명의 독자라도 인정이 묻어나는 글을 읽고 감동을 받거나 공감하여 자신의 처지에 격려와 위로가 된다면 그보다 더 보람된 일이 또 있을까요.

　작가가 습작에 몰두할 수 있는 것은 독자를 만날 수 있다는 희망이 있기 때문입니다.

　2004년에 『애증의 강』을 출간한 이후 각종 문예지에 발표했던 작품과, 『복희 이야기』에 밀려 오랫동안 컴퓨터 속에서 세상의 빛 보기를 고대하고 있는 100여 편의 작품 중에서 55편을 선별하여 꺼내려던 중이었는데…….

　참으로 황당한 일이 발생했습니다. 글쎄 컴퓨터 속의 작품들이 그새를 참지 못하고 몽땅 탈출해버린 것입니다. 꽉 찼던 컴퓨터 속의 자료가 모두 사라진 대형사고가 난 것이지요. 정말 암담했습니다. 백방으로 수소문하여 하나, 둘 찾아 모으고, 작품의 흔적을 찾는 동안 아무것도 할 수 없었습니다. 디지털시대, 첨단기기에 조롱당한 기분이었습니다.

　전처럼 잡기장에 습작하여 컴퓨터에 저장했다가 두고두고 퇴고하며 인쇄하던 아날로그 방식을 고수했더라면 좋았을 것을, 어쩌자고 디지털시대만을 추종했는지 생각할수록 후회막급이었습니다. 천만다행으로 한 권 분량의 작품들을 되찾았습니다.

　아직 돌아오지 못한 작품들은 저와 인연이 없는 것으로 여기고 마음을 비우기로 했습니다. 조금은 편안해진 마음으로 해묵은 글까지 퇴고하여 습작 연도를 넣었습니다. 여전히 설익은 작품을 선보이는 것 같아 부끄럽지만 용기를 내봅니다.

　문단생활 10여 년, 5권의 작품집이 나오기까지 음양으로 도와주셨던 분들과 끊임없이 글감을 제공해 주신 여든하나 되신 시어머니께 진정 감사하다는 말씀을 전하고 싶습니다.

2008년 8월 관악산 끝자락에서

매강 김미자

| 차례 |

1. 숲 속의 사계

까치집 1

두 마리의 까치가 황량한 바람 소리에도 아랑곳하지 않고 쉴 새 없이 나무 꼭대기를 오르내린다. 삭정이 같은 앙상한 나뭇가지 사이에 걸쳐 있는 집을 보수하는 중이다.

북풍한설에도 끄떡없던 둥지건만 유비무환의 정신을 알기라도 한 듯 만전을 기하는 까치를 보며 속수무책으로 당하고 말았던 연전의 태풍과 폭설의 피해를 생각해 본다. 까치처럼 만전을 기했더라면 그렇게 많은 피해는 없었을 텐데…….

비바람이 몰아친다. 수십 미터의 나무가 위태롭게 휘어질 듯하다가 제자리로 돌아간다. 나무 꼭대기에 있는 까치집에는 이상이 없다. 날로 영악해지고 있는 까치가 보수한 집이니 어련할까.

시골 논밭을 헤집고 다니며 애써 심어 놓은 밭곡식을 뿌리째 흔들리게 하는 밉살스런 까치지만, 지금도 시골에서는 까치가 울면 반가운 손님이 온다며 대문간에 시선을 모은다.

시어머니는 우리가 시골에 갈 때마다 아침부터 까치가 마당구석에 있는 감나무에 앉아서 울었다는 것을 상기시킨다. 농작물을 해치는 까치를 잡기 위해 주변에 약을 뿌리면서도 작은 머리로 종을 울려 구렁이에게 감긴 나그네를 살려준 「은혜 갚은 까치」에 대한 전설을 사실인 양 믿고 싶어 한다.

저의 아빠와 할아버지 산소에 다녀온 막내가 아빠가 까치집을 부쉈다고 이른다.

십육칠 년 전, 선산 둘레에 심었던 향나무가 쉼터를 내어줄 만큼 자랐다. 주변에 우거졌던 소나무들이 갈 때마다 없어지더니 이젠 한 그루도 남지 않았다. 기개 있어 보이던 노송군락과 오래된 나무들이 황토밭으로 변해 인삼이나 땅콩, 담배, 고추가 넘실댄다. 둥지 틀 나무가 없어지자 까치가 향나무에 집을 지었나 보다.

일 년에 두세 차례씩 벌초를 해 오고 있는 산소에 잡초가 무성하게 자랐다고 하여 가족과 함께 호미를 들고 찾아갔다. 몇 기의 봉분 주변에 제비꽃들이 햇빛 바라기를 하고, 풍성하게 자란 토끼풀이 푹신한 돗자리를 만들었다.

어머니와 봉분 주변을 돌며 잡초를 뽑아내기 시작했다. 살겠다고 뿌리 뻗고 가지를 늘어뜨린 잡초를 한 움큼씩 잡고 호미질 하는데 마음이 편치 않다. 살려고 버둥대는 잡초를 무자비하게 연장질하여 뽑아내자니 한 생명에 대한 미안함이 스치고 지나간다.

시할머니 봉분 위로 올라가 깊게 뻗은 약초 뿌리를 캐는데 "야야, 할매가 무겁다고 허겄다. 어서 내려오니라." 하시는 어머니의 말씀에 피식

오늘도 까치 부부는 먹이를 물고 나무 꼭대기에 있는 새끼들을 향해 힘찬 날갯짓을 한다.

웃으며 내려왔다.

아름드리 향나무 아래에 제법 굵은 나뭇가지가 흩어져 있다. 까치집을 없앤 흔적이다. 조그마한 부리로 물기에는 과하다 싶을 정도로 굵고 긴 막대들이다. 과중한 막대를 물어 나르며 애써 지은 까치집을 한순간에 없애다니…… 가슴 쓰라림이 전신을 타고 내려간다.

저쪽 봉분 옆에 까치 한 마리가 먼 산을 응시하고 있다. 어쩜 저렇게도 인간의 군상을 닮았을까. 연전에 태풍과 폭설로 재산을 몽땅 잃어버리고 망연자실하던 농부의 모습이다. 갑자기 불청객의 습격을 받아 집을

잃어버리고 갈 곳이 없어 두리번거리고 있는 까치가 뇌리에서 사라지지
않는다.

봉분 주변을 돌며 잡초를 뽑고 돌아오면서 먼 산을 응시하고 있던 까
치가 눈에 밟혀 까치집을 왜 부줬느냐고 남편을 탓했다. 향나무가 누렇
게 죽어가고 있어서 그랬다는데도 쉽게 수긍할 수가 없다. 한낱 미물에
지나지 않는 까치가 만물의 영장이라고 우쭐대는 인간을 얼마나 원망했
을까. 영 개운치가 않다.

주방 식탁에 앉아서 눈높이로 보이는 뒷산의 까치집에 시선을 모은다.
보수작업을 끝내고 알을 품고 있는 동안은 잠잠했다. 2, 3개월 사이 앙상
했던 나무 가지에 새싹이 돋고 잎이 무성해지면서 둥지에서 이상한 소리
가 들린다. 알에서 나온 새끼들이 아직 제 목소리를 내지 못하고 둔탁한
소리로 깍깍거린다. 새끼를 양육하기 위해 부지런히 오르내리며 정성을
다하는 까치를 본다.

조금만 힘들어도 못살겠다며 쉽게 이혼하고 금쪽 같은 자식들을 고아
원에 버리는 부모가 늘어나고 있다. 살기가 벅차다며 어린 생명을 안고
투신자살하고, 한강 물에 던져 숨지게 하는가 하면 약을 먹여 영문 모른
채 목숨을 잃게 하는 무정한 인간들에게 보란 듯이, 오늘도 까치 부부는
먹이를 물고 나무 꼭대기에 있는 새끼들을 향해 힘찬 날갯짓을 한다.

(2004년)

숲 속의 사계

나목들이 간밤에 내린 춘설로 눈부신 옷을 입었다. 마치 하얀 드레스를 예쁘게 입고 다소곳하게 서 있는 신부 같다. 아름드리 나무 사이를 오락가락하던 까치 두 마리가 신이 났다. 벌써부터 봄소식을 들려주는 귀에 익은 새소리도 들리기 시작한다. 이 봄눈이 녹으면 잠자고 있던 초목들이 기지개를 켜고 새 생명이 고개를 내밀겠지.

창문을 열면 숲인 관악산 끝자락으로 이사 온 지가 벌써 1년이 넘었다. 앙상한 나무에 바람뿐이던 숲이 계절 따라 변화하는 걸 본다.

3,800이 넘는 세대가 입주하기 시작할 무렵, 이삿짐에서 나온 노란 테이프와 비닐 조각들이 골바람을 타고 공중을 맴돌다가 나뭇가지에 걸려 나부끼는데 성황당을 연상케 했다.

눈만 뜨면 마주 보는 숲인데 볼썽사나운 모양이 영 거슬려 쉬는 날을 이용하여 두 아이를 데리고 숲으로 갔다. 비닐봉지에 야구공을 넣어 끈으로 매달아 너울거리는 비닐을 향해 던졌다. 생각보다 어렵다. 집에서 보기엔 눈높이던 나무가 산에 가서 보니 꼭대기가 보이지 않을 만큼 높다.

불가능하다는 큰아들을 설득해 낮은 곳은 올라가서 떼어내고, 중간 높이는 공을 던져 몇 군데는 해결하고 숲 속에 나뒹구는 폐비닐과 쓰레기를 줍기 시작했다. 산자락을 어수선하게 만든 쓰레기를 말끔히 없앤다는 것은 역부족이라 눈에 띄는 것만 주워왔다.

아직까지도 높은 나무에 매달려 나부끼는 비닐을 보고 귀신이 춤추는 것 같다며 막내아이가 겁을 낸다. 자연에 맡기는 수밖에 없다. 장마철이나 태풍이 몰아치면 부대끼다가 떨어지겠지.

생명의 소리가 메마른 숲을 적시고 있다. 황량한 바람 소리를 밀어내고 연초록으로 단장을 시작한 숲에서 오묘한 소리가 들리기 시작한다. 여린 새소리에서부터 소리만으로는 구별할 수 없는 각종 새들이 짝을 찾느라고 아우성이다. 푸드득대며 쫓기고 쫓는 사랑싸움의 날갯짓이 섬세하게 느껴진다. 저들도 인간처럼 주어진 세월을 만끽하며 음미하고 있구나 싶으니 경이로운 자연의 섭리에 숙연해진다.

생명이 없을 것 같던 메마른 숲이 생명체로 가득 메워진다. 냉이꽃, 제비꽃, 민들레가 고개를 내밀고, 진달래가 함박웃음을 짓더니 아카시아 꽃과 밤꽃이 바통을 잇는다. 한 치의 오차도 없이 우주는 법칙대로 움직이고 있다. 아침저녁으로 들려오는 새소리, 솔바람, 솔향기가 싱그럽다.

녹음이 우거진 숲을 인간이 찾아다닌다. 건강을 다지기 위해 삼림욕한다고 길을 여러 갈래로 만들어 놓았다.

산림법을 어기며 산자락을 일궈 씨 뿌리는 노파의 고향 그리는 마음이

여름의 숲, 무성한 녹음은 눈의 피로를 말끔히 씻어준다.
거기에 장대비라도 내리는 날이면 운치가 더해진다.

야 이해가 되지만, 그늘진 곳이라 농사가 될 리도 없고, 손바닥만한 밭뙈기 때문에 큰 비라도 내리면 산자락이 무너질 것 같다.

여름의 숲, 무성한 녹음은 눈의 피로를 말끔히 씻어준다. 거기에 장대비라도 내리는 날이면 운치가 더해진다. 나뭇잎에 부딪는 빗소리가 음악처럼 들린다. 그런 날은 가까운 지기라도 부르고 싶은 충동에 휩싸인다.

위아래 층에 사는 이웃들이 숲을 눈높이에서 볼 수 있는 층이 어느 층쯤 될까 궁금해 한번씩 다녀갔다. 내심 조금만 위층이었으면 했는데 나 모르는 이점이 있었나 보다. 아쉬워하던 마음이 위안으로 변한다.

짙푸른 녹음이 퇴색되기 시작하자 숲 속이 또 한번 소란스럽다. 작별 인사라도 나누는가. 여기저기서 구슬픔이 배인 새소리가 숲 속을 가득 메운다.

나뭇잎이 비처럼 떨어지는 모양을 보면서 나무이고 싶다는 생각을 해 본다. 다음 해를 기약하기 위해 한 올 남김없이 벗어 대지를 감싸주는 나무, 왜 인간은 한번 가면 끝나야 하는가. 인간의 원천 고독에 휩싸인다. 고독한 명상은, 숲이 헐벗고 높고 푸른 하늘이 시야에서 벗어날 때까지 계속되다가 침잠의 계절을 맞는다.

집안의 창문은 꼭꼭 걸어 잠그고 커튼을 내린다. 자궁 속에 갇힌 태아 처럼 웅크리게 된다. 겨울의 모진 바람 소리가 들린다. 사위가 고요해진 다. 숲에 생명체가 꿈틀댈 때까지 동면에 들어간다.(2005년)

공원다운 공원이 그립다

생명이 움트는 소리가 들린다.

'모진 추위 속에서도 살아 있었구나.' 잡초의 질긴 생명력에 감탄하며 산길로 접어든다. 삭정이처럼 금세 부러질 것 같은 저 앙상한 나무도 새 단장을 꿈꾸고 있겠지.

인적이 드물다. 겨우내 웅크렸던 몸을 풀기엔 아직은 이른 날씨인가 보다. 고갯마루를 내려가니 휴일을 즐기려는 인파가 눈에 들어온다. 한 짐씩 들고 메고 자유공원 안으로 모여들고 있다.

공원이 조성된 지 몇 년 동안은 나무와 잔디만 있어서 가족 나들이하기엔 안성맞춤이더니, 해를 거듭하면서는 뿌리내린 나무와 잔디를 뽑아내고 야외무대다, 축구장이다, 교통공원이다 해서 여러 시설물이 들어섰다.

8년이 지난 지금은 공원인지 시설물 집합소인지 분간하기가 어렵고, 이젠 대형 건축물까지 들어설 모양이다. '문화센터 신축공사현장' 이라는 푯말이 답답하게 느껴진다.

이용객이 한정된 인공 잔디 경기장은 돗자리를 펴놓고 가족끼리 앉아서 망중한을 보내던 인근 주민들의 보금자리를 앗아갔다. 시야를 즐겁게 해 주던 싱그러운 나무와 잔디밭이 사라지고, 자연과 조화를 이루던 자유공원이 부조화를 향해 내달리고 있다. 한정된 녹지마저 지키지 못하고 각종 시설물에 점유당하고 있는 공원을 보면 마음이 짠하다.

가족끼리 놀러 와도 예전처럼 안정감을 주지 못하고 시설물들이 눈에 거슬린다. 이른 저녁을 먹고 와서 아이들과 돗자리에 누워 별을 헤며 보낸 지난날은, 제2의 고향이라 자부했던 안양에 대한 조그마한 추억으로나 간직할까.

잎이 무성한 나무 그늘 아래에 앉아서 뛰노는 아이들을 바라보며 망중한을 즐길 수 있는 공원다운 공원이 그립다. 자연과 조화를 이룬 그런 공원이.(2001년)

능선을 따라서

춘삼월이지만 봄이라고 하긴 아직 이르다.

바스락거리는 낙엽을 밟으며 산등성이에 오른다. 인적이 드물다. 쏟아지는 햇살이 자애롭다. 10여 년 전에 자주 오르던 산책로가 낯설지 않아 반갑다. 그 사이 많은 변화가 있었다. 암벽 주변에 다닥다닥 붙었던 비산 1동 임곡마을의 낮은 집들이 헐리고 대단지의 아파트가 들어섰다. 택시조차 들어오길 꺼리던 좁은 길이 대로로 변해 차량의 소통이 원활해졌다. 산자락 귀퉁이를 차지하고 있던 공업전문학교가 전문대학으로 승격하면서 산자락 일부가 사라졌다.

사시사철 새떼들이 모여 무도회를 열더니 인간들에게 터전을 빼앗기고 어디론가 떠나버렸다. 이젠 새소리 대신 대학에서 들려오는 스피커 소리를 들어야 한다. 상전벽해라는 말이 실감난다.

남편의 손에 이끌려 힘겹게 능선에 올라섰다. 뒷산이라고 만만하게 보았는데 꼭대기에 오르고 보니 제법 높고, 등줄기에 흐르던 땀이 골짜기에서 불어오는 바람에 놀라 자취를 감추었다. 힘들게 산에 오르는 사람들의 기분을 이해할 것 같다. 상쾌한 바람을 마음껏 마시고 능선에 서서 주변을 둘러본다. 안양을 둘러싸고 있는 관악산, 수리산, 모락산, 청계산이 한눈에 들어온다.

의왕시 내손동 부근에 있는 모락산은 가족과 함께 몇 번 오른 적이 있다. 이웃에 사는 지기가 모락산을 등반했다기에 웃었는데 막상 올라가보니 보통 길이 아니었다. 바위로 둘러싸인 암벽이 많았다. 밧줄을 잡고 곡예하듯 바위산을 오를 땐 다리가 후들거려 긴장했더니 힘이 곱으로 들었다. 무서워서 발아래는 보지 못하고 위만 보며 한 바퀴 돌아 나왔다. 두 번째 갈 때는 후들거림이 없어지고 능선에 서서 산아래에 펼쳐진 안양과 의왕시를 내려다보는 여유를 부리고, 세 번째 갔을 때는 능선 길에 익숙해져 산행의 기쁨을 만끽하며 마주 보이는 수리산과 관악산을 감상했다. 세 번 이상 가 보고 나서야 그 산을 알 수 있었다.

관악산은 오지랖이 넓다. 어디에서부터 어디까지라고 경계를 한정지울 수 없을 만치 사방팔방으로 뻗쳐 있다. 관악산 끝자락이라고 일컫는 뒷산의 정상에 올라섰다. 시야가 확 트이고 능선 저쪽으로 관악산의 연주암과 삼성산의 연불암이 보이고, 산아래로 서울 시가지와 안양유원지가 보인다.

남편의 손을 잡고 능선을 따라 걷는다. 사람이 많이 다녀 반질거리는 길을 피해 인적이 없는, 발자취가 적은 길을 찾아 내려온다. 낙엽이 쌓여 푹신거리는 감촉이 부드럽다. 프로스트의 「가지 않은 길」을 읊조리며 산을 무질러 내려온다. 낙엽을 밟는 소리와 바람 소리 뿐인 깊은 산속이지

낙엽이 쌓여 푹신거리는 감촉이 부드럽다.
프로스트의 「가지 않은 길」을 읊조리며 산을 무질러 내려온다.

만 남편이 옆에 있다는 것을 위안 삼아 두려운 생각을 떨쳐버린다.

가도 가도 길은 나오지 않는다. 내려가다 보면 어딘가 나올 것이라는 막연한 생각이 빗나갔다는 생각에 미치자 등줄기가 오싹해진다. 어디선가 물 흐르는 소리가 희미하게 들린다. 사람을 만난 것처럼 반갑다. 다람쥐와 청설모가 재빠르게 움직이고 산토끼가 놀라 달아난다. 비로소 안심이 된다.

예부터 물이 있는 곳에 인간이 모여 살았다. 숲 속의 동물도 물가를 끼고 서식하기 때문에 길을 잃었을 때는 물만 찾으면 큰 문제가 없다. 계곡의 바위를 따라 내려온다. 정신없이 내려오다 보니 인적이 느껴진다. 사람 소리에 긴장했던 마음이 풀린다. 안양유원지 입구로 가는 길이 보인다. 적막한 산속에서 인간의 문명세계로 접어들었다. 왁자지껄 사람 사는 냄새가 물씬 난다.(2005년)

까치집 2

어느 날 보니 눈높이로 보이던 까치집이 없어졌다. 태풍에 집이 부서졌나 걱정도 되고 궁금하기도 해서 뒷산으로 가 보았다. 나무 아래에 까치집이 떨어진 흔적은 없고, 위쪽의 굵은 나뭇가지가 부러져 있는 게 보인다. 까치들이 그 나무를 떠난 이유가 거기에 있었다.

옛집에서 수 미터 떨어진 나무에 새로 생긴 까치집이 보인다. 까치들은 옛집의 나뭇가지를 하나도 흘리지 않고 물어다 다시 집을 지었다. 건축자재를 알뜰하게 재활용한 것이다. 한 겹으론 불안했던지 이중삼중으로 두껍게 집을 짓고 자유롭게 드나드는 모습이 보인다. 북풍한설을 마다 않고 이사한 그들은 아무 걱정 없이 평화롭게 살고 있다.

강남에 재건축 바람이 불면서 집값이 천정부지로 뛰기 시작했다. 오죽하면 휴가차 외국여행 갔다가 한 달 만에 왔더니 빈집이 몇 억을 벌어 놓았더라는 우스갯말까지 돌았을까.

오래된 저층 아파트를 재건축하면 부담되지 않은 돈으로 집을 늘려가기에 다시 없는 좋은 기회일 뿐 아니라, 새로 짓는 아파트는 자재가 좋고 집안 구조나 시설 등이 시대에 맞게 최신으로 바뀌기 때문에 인기가 많다.

너나없이 내 집 갖기를 소원하면서 5층이 주를 이루던 아파트가 10층 이상의 중층 아파트로, 중층 아파트는 최고층 아파트로 변해 가고 있다. 20년 이상 된 아파트를 재건축하면서 첨단시설을 갖추다 보니 무상으로 평수를 넓혀 받던 시절은 옛말이 되었다.

이젠 재건축하더라도 평수를 넓혀 가려면 책임분담금이라는 거액의 돈을 내야 한다. 그 돈이 없는 사람은 자기 집을 팔 수밖에 없지만, 돈 있는 사람들은 편리함을 좇아 더 좋은 자재, 더 좋은 시설을 원한다. 아파트 분양가가 오르고 집값이 억 단위로 오르는 이유가 여기에 있다.

고가의 집값은 없는 세금을 만들어냈다. 종부세니 보유세니 하는 세금들은 서민의 생활과는 무관할 것 같지만 꼭 그렇지도 않다. 재산증식으로 몇 채씩 가진 사람들이야 세금이 높아도 감당해 낼 수 있지만, 그렇지 않은 경우에는 주인의 의지와 상관없이 고가로 올라버린 오래 살아온 낡은 집 한 채가 애물단지다.

팔아도 많은 양도세를 내고 나면 같은 평수를 사서 이사하기도 힘들고, 계속 살자니 수입원 이상으로 오른 종부세와 보유세가 부담스럽다. 들자니 무겁고 놓자니 깨지는 형국이니 체한 듯 답답하고 불편할 수밖에 없다. 제 마음대로 자유롭게 집을 짓고 이사한 까치가 부러운 이유다.

한바탕 비바람이 지나간 뒤, 까치 두 마리가 작은 나뭇가지를 입에 물고 집을 보수하는 걸 본다. 교대로 열심히 물어 나르며 철옹성 같은 집을 만들어 놓고 대 이을 준비를 하고 있다.

높은 나무 주지를 대들보 삼아 제1지주와 제2지주를 이용하여 삼각구도 안에 튼튼하게 집을 지은 까치, 새 둥지 대부분이 위로 드나들게 되어 있는데 이 까치들은 옆으로도 문을 내어 한 마리씩 드나들고 있다. 지혜로운 까치다. 영리하기가 사람 못지않다.

바람이 심하게 부는 날, 까치집이 걸쳐 있는 높은 나뭇가지가 바람결에 춤을 춘다. 휘긴 해도 부러질 것 같지 않다. 안전하게 자리 잡은 까치의 보금자리는 나뭇가지가 심하게 흔들려도 끄떡없고, 비에 젖어도 통풍이 잘돼 쉽게 마른다. 까치는 그렇게 대대로 전통을 이어가며 인간 가까이에서 텃새로 살아가고 있다.

이사한 까치는 틈만 나면 옛집이 있던 나뭇가지에 가서 깍깍거리며 놀곤 한다. '호마의북풍, 월조소남지(胡馬依北風, 越鳥巢南枝 : 북쪽 변방에서 온 말은 북풍에 의지하고, 남쪽 월나라에서 온 새는 남쪽으로 향한 가지를 골라 앉는다)' 는 시구처럼 까치도 제 터전이 그리운가 보다. 회귀본능을 가진 동물이라더니 까치도 예외는 아니다.

우리나라 텃새인 까치가 우리 인간을 닮아가고 있다. 이사할 줄 알고 재건축을 하며 집을 보수하는데 능숙한 까치가 앞으로 뭘 어떻게 하며 인간에게 깨침을 줄지 사뭇 기대가 된다.(2007년)

수세미

　시어머니가 수세미 물을 받아 놓으셨다. 마른기침에 좋다며 수세미 줄기를 잘라 페트병에 꽂아 받았다는 물을 당신 앞에서 마시기를 종용하신다. 어떤 종류의 약이든 기피해 오고 있었지만 어머니의 정성을 그냥 넘길 수가 없어 한 컵 따라 마셨다. 흙 냄새가 코를 찌를 뿐 맑은 수세미 물맛은 무미건조다. 여린 수세미를 잘라 꿀에 잰 것도 약이 된다고 해서 가져왔다.

　어머니는 마른기침을 달고 사는 며느리를 위해 해마다 민간요법으로 약을 만들어 주신다. 배, 도라지, 은행, 생강을 넣고 달인 약봉지를 택배로 보내주시기도 하고, 봄에는 물오른 약초를 캐다가 늙은 호박을 넣고 달여 먹기 좋게 봉지 지어 보내주시지만 끈질기게 먹지 못하고 남편이 대신 복용하는 경우가 많다.

　이사하고 집들이하느라 힘들었는데도 어머니의 정성 덕분에 해마다 연중행사처럼 치른 독감이나 감기몸살로부터 자유로울 수 있었다.

수세미는 박과에 속하는 식물이다. 어렸을 때는 집집마다 울타리에 주렁주렁 매달려 있을 정도로 수세미를 많이 심었는데 요즘은 보기가 귀하다.

노란 꽃이 오이꽃과 비슷해 구분하지 못했던 유년의 기억을 떠올리며 수세미꽃을 유심히 관찰해 본다. 오이꽃보다는 크고 암수의 꽃이 다르다. 암꽃은 새끼손가락만한 열매 하나가 달려 있고, 수꽃은 꽃봉오리 여러 개가 모여 있다. 줄기에서 나온 덩굴손을 뻗어 다른 물체를 감아 올라가는데 꼬임이 중간부분에서 방향을 바꾸었다. 한쪽 방향은 용수철 기능으로 비바람에도 끊어지지 않도록 하기 위함이고, 한쪽은 어떤 물체를 꽉 붙잡기 위함이다. 식물도 이치에 맞게 살아가는 방식을 터득하고 있음을 본다.

수세미는 꽃이 피고 하루 안에 수정이 안 되면 금세 시들어 떨어지기 때문에 인공수정을 해 주어야 많은 열매를 얻을 수 있다. 다 자란 수세미가 쪼그라들면 생명을 다한 것이다. 그것을 물속에 담가두면 껍질이 벗겨지고 누런 빛의 섬유질이 나온다. 섬유질을 들여다보면 내부가 섬세하게 보인다. 한 개의 열매에 200여 개가 넘는 검은 씨가 날줄과 씨줄 사이에 도사리고 있다.

어머니한테 주방용 수세미로 쓰겠다고 했더니 한 봉지나 준비해 놓으셨다. 바싹 마른 섬유질 끝을 잡고 세웠더니 그 속에 들어 있던 씨가 솔솔 빠져나온다. 날줄과 씨줄이 셀 수 있을 정도로 섬세하게 정렬되어 있는 것을 아이들과 들여다보며 수세미에 대한 이해를 돕는다.

우리 집 주방에는 인공 수세미 대신 자연산 수세미가 자리 잡고 있다. 맨손으로 설거지하는데 감촉이 부드럽고, 기름때까지 잘 빠져 항상 보송보송하다. 한 달 이상 쓰고 있는데도 변하지 않고 그대로다. 혼자 쓰기 아까워 제일 가까운 지기와 중국에 사는 동생에게 선보였다.

다용도로 나오는 인공 수세미보다 자연산 수세미를 다량으로 재배하여 보급한다면 웰빙시대에 걸맞은 상품이 되지 않을까.

올 여름에도 노란 수세미꽃이 고향집 담장을 예쁘게 장식하고 있다.

(2004년)

그곳에 산이 있어

산이 좋아 산에 가는 것이 아니라, 그곳에 산이 있어 산을 찾는다.

안양에 터 잡은 지 20년이 다 되어 가는데 인근의 산을 한번도 가 보지 못했다면 시민으로서의 자격이 미달될 것 같아 의도적으로 인근의 산을 찾는다.

아직 살얼음이 녹지 않은 산등성을 올라가며 또 다른 묘미를 맛본다. 아무도 가지 않은 길을 찾아가기도 하지만 수 갈래 길 중 어느 길이 산길 인지 몰라 무턱대고 올라가다 보면 우리만 덜렁 남는 경우가 허다하다.

수리산에 오르는 초입에서부터 물소리가 들린다. 비온 뒤라 맑은 계곡 물이 철철 흘러넘친다. 흐르는 물소리가 경쾌해 완만한 산책로를 따라 올라가는 길이 즐겁다. 자연학습장을 지나고 만남의 장소에 이르자 두 개의 석탑이 눈길을 끈다.

우리나라 최대의 석탑 앞에 잠시 앉아 그 높이를 감상한다. 돌 하나하 나에 깃든 기원의 손길이 느껴진다. 어떤 소망을 안고 정성스럽게 쌓아

올렸을까. 아들을 점지해 달라고, 병든 어머니를 낫게 해 달라고, 과거 보는 아들을 위해, 남편을 위해서도 빌고 또 빌었을 것이다.

다시 발길을 재촉하여 산에 오른다. 갈림길을 만날 때마다 어느 길을 택할지 저울질하다가 인적이 드문 쪽을 택한다. 좁은 길과 계곡이 합류해 흐르는 물을 밟기도 하고 건너기도 한다. 길이 없을 것 같은데 산길이 나온다.

백영약수터를 지나고 앞서가는 남편을 따라 가파른 길로 오르자니 힘에 부친다. 아빠 뒤를 따르던 막내가 작은 손을 내밀며 잡고 올라오란다. 열 살짜리 아이의 힘에 의지하는 척 고마워하며 발걸음을 재촉한다. 아이가 뿌듯해하며 제법 의젓하게 군다. 기특함이 대견하지만 실실 웃음이 흘러나온다.

낙엽 사이를 비집고 오르다가 널찍한 바위 위에서 한숨 돌리고, 호젓하게 앉아서 준비해 온 간식을 먹으며 산 아래를 굽어본다. 인근의 시가지가 한눈에 들어오고 관악산이 마주 보인다.

관악산은 바위가 많아 오르기도 힘들지만 오가는 인파에 떠밀릴 정도로 많은 등산객들로 인해 더 쉬이 지치게 된다. 뒷산에서 바라본 연주암에 이끌려 오르게 된 관악산에서는 힘이 세고 일 잘하는 근육질 머슴 같은 인상을 받았다.

거기에 비하면 수도권인 안양, 군포, 시흥시로 둘러싸인 이곳 수리산은 갓 시집온 새색시 같이 다소곳하고 아담하여 500m의 정상을 운동 삼아 오르내리기에 안성맞춤이다. 관모봉, 태을봉, 슬기봉, 수암봉으로 이어지는 능선이 아기자기하다. 어느 곳으로든 통하는 길이 있어 가족단위로 찾는 일행이 많고, 잘 갖춰진 삼림욕장과 자연학습장은 시민과 학생들이 즐겨 찾는다.

힘들이지 않고 오르는 청계산의 옥녀봉이 순탄하게 자란 처녀 같다면 바위가 많아 밧줄을 잡고 정상까지 올라가야 하는 모락산은 온갖 풍상 속에서도 반듯하게 자란 씩씩한 청년의 인상이다.

관악산, 수리산, 청계산, 모락산 정상에 서면 주변의 수도권이 한눈에 바라보이고, 상대의 산을 사방에서 바라볼 수 있어 한번씩 가 보고 싶은 충동을 일게 한다.

모락산에서 바라본 수리산과 관악산, 청계산의 그림이 다르고, 수리산에서 바라본 모락산, 관악산, 청계산의 수채화가 다르며, 관악산에서 바라본 모락산, 청계산, 수리산의 화폭이 다르다.

근교의 산들이 저마다 품고 있는 매력을 발산하여 사람을 유혹한다. 그 유혹에 끌려온 사람들로 몸살을 앓고 있는 산들도 한 해씩 쉬어야 아름다움이 더 오래 갈 텐데…….

산이 좋아 찾기보다는 그곳에 산이 있어 찾게 된다.(2005년)

생명

베란다에 손바닥만한 화단을 만들어 놓고 많은 시간을 그곳에서 보내곤 한다.

아파트에서 화초 기르기란 쉽지는 않지만 20여 년의 경험을 통해 베란다에선 음지식물이 제격이라는 걸 알았다.

오전과 오후에 잠깐 들어왔다가 사라지는 햇볕을 이용하여 관리하고 있는 화분이 70여 개지만 주인을 잘못 만나 사라진 생명도 부지기수다. 튼실하던 화초가 죽어나간 것을 생각하면 지금도 마음이 아프다.

해마다 봄소식을 먼저 알려주던 진달래와 영산홍, 붉은 꽃을 주렁주렁 매달던 아름드리 동백, 수령이 오래된 개나리 분재와 무궁화 분재, 느티나무 분재, 50년 넘은 소철 등은 새삼 생명의 소중함을 깨닫게 해줘 화초를 볼 때마다 생각난다.

화초를 손질하거나 물줄 때는 말을 건넨다. 거름줄 때는 '잘 먹고 잘 자라라.' 하고, 전지할 때는 '아프게 해서 미안하다 하지만 널 튼튼하게 자라게 하려면 어쩔 수 없다.' 고 이유를 알려주며, 새순을 내밀고 쑥쑥 자라는 화초들에겐 '잘 자라줘 고맙다.' 고 마음을 전한다.

어느 찻집에서 줄기 하나를 얻어다 심었던 구문초가 제법 틀을 잡아가며 자태를 뽐내는 게 고맙고, 보도블록 사이에 싹을 틔운 새끼손가락만 한 홍단풍을 밟혀 죽는 것보다는 낫겠다 싶어 뽑아다 화분에 심었더니 제철을 알아서 잎이 지고 새순을 내며 몸통을 살찌우고 있다.

지기한테 얻어온 조란, 기린초, 아이비, 창포, 종지꽃이 제 터전인 양 자리를 잡아가고 있는 걸 보면 저절로 입가에 미소가 번진다. 잘 자라줘서 고맙다고 칭찬을 하면 신이 나서 더 싱싱하게 자란다.

먹다 남은 적배추를 냉장고에 두고 깜빡했다가 꺼냈더니 지퍼백 속에서 뿌리를 내리고 있었다. 버리기 아까워 홍콩야자 화분에 묻었더니 제 고향을 만난 듯 쑥쑥 자라더니 꽃을 피웠다. 샐러드용 적배추 꽃이 그렇게 볼품없을 줄이야.

우리 집에서 제일 큰 화분은 하늘 높은 줄 모르고 자라는 홍콩야자분이다. 화분이 크다는 이유로 홍콩야자 화분은 종합식물병원이 되고 있다. 먹고 난 복숭아나 살구, 자두 씨를 묻고, 시골에서 가져온 도라지도 묻고, 남해에서 뽑아온 머윗대도 그 화분에 심었더니 뿌리를 내리고 새잎을 선보이고 있다. 버리기 아까우면 무조건 응급실 역할을 하는 그 화분에 묻곤 하는데 시드는 법 없이 뿌리를 내리고 새싹을 보이며 잘 자란다.

그렇게 해서 얻은 밤나무가 시골 고향집에서 자리를 잡았고, 자두나무는 벌써 어른 팔뚝보다 커져 해마다 화사한 꽃을 선보인 지 오래다. 베란다에서는 비실비실하던 넝쿨장미를 시골 담 옆에 심었더니 담장을 덮을 정도로 번성했다. 아파트에 뒀더라면 죽고 말았을 생명이 푸르게 번성하는 걸 보면 애지중지하며 좁은 베란다에 붙들고 있는 작은 생명들에게 미안한 마음이 든다.

저마다 가치는 있기 마련이어서 보잘것없는 생명일지라도 소중하게 다루며 정성을 다한다.

선인장인데 이파리가 나오는 '오차각'이 잘라 심는 대로 번성하고, 잎이 야들야들한 폴리샤스가 날마다 개성 있는 옷으로 갈아입는 모양새가 특이하고 예쁘다. 키다리인 스파트필름이 키 재기하듯 새순을 뽑아 올려 날씬하게 자라고, 한 길이나 자란 알로카리아도 새잎으로 장식하며 수령을 더해 간다. 하늘 높이 치솟고 있는 가느다란 대나무처럼 생긴 세이브리치, 푸른 숲을 이루고 있는 테이블야자, 뭐가 못마땅한지 더디게 자라고 있는 관음죽, 쭉쭉 뻗어가며 싱싱한 잎을 자랑하는 스킨답스, 약간 역겨운 향기로 벌레를 쫓으며 사시사철 립스틱보다 붉은 꽃을 피우고 있는 제라늄, 밤에만 개화하여 진한 향기로 시선을 집중시키는 야래향, 몇 년 사이 훌쩍 자라 윤기나는 잎을 자랑하는 파키라, 공기정화용으로 인기가 좋은 산세베리아, 사시사철 꽃을 피워내는 꽃기린, 한 해도 거르지 않고 예쁜 꽃을 선보이는 게발선인장 등이 행복감을 안겨준다.

남편 사무실에서 시들어 간다는 한란, 호접란, 산호수를 갖다 달라고 해서 아기 돌보듯 정성을 다했더니 아름아름 되살아나 싱싱해졌다. 한 해가 지나자 여기저기서 새순이 고개를 내밀고 살려줘서 고맙다며 인사를 한다.

자기가 필요하면 혈연처럼 가깝게 지내다가도 이용가치가 없어지면

등 돌리고 마는 인간과는 달리 화초는 위선을 모른다. 들여다본 만큼 잘 자라서 싱싱한 모습으로 아는 체를 하고, 목이 마르면 물 달라고 축 늘어지며 솔직하게 속내를 드러낸다.

정성을 들인 만큼 화답해 주는 화초, 정을 주어도 주어도 아깝지 않은 것은 인간적인 감정의 찌꺼기들을 정화시켜 주기 때문이기도 하다.

하루에 몇 번씩 들여다보며 작은 생명들에게서 위안받고 보람을 찾으며 아낌없이 나의 마음을 전할 때는 순정(純正)한 마음이 된다.

(2007년)

속수무책(束手無策)

사람이 살다 보면 어쩔 수 없이 당하는 경우가 종종 있다. 인간 사회에서 뿐만 아니라 동물의 세계에서도 그런 경우가 부지기수다.

텔레비전을 즐겨 보는 것은 아니지만, 동물의 왕국이나 환경스페셜과 다큐멘터리를 좋아해 챙겨 보는 편이다. 동물의 왕국을 보는데 기린이 이제 막 낳은 새끼를 발아래 두고 보호하는 모습이 나왔다. 처음 보는 기린 새끼가 앙증맞게 귀엽다. 신기해서 유심히 살피는데 사자가 주변에서 그 새끼를 노리고 있다. 사자는 걸음도 제대로 걷지 못하는 기린 새끼에게서 눈을 떼지 않고 살피며 기회를 엿보고 있다.

어미 기린이 긴 목을 흔들며 사자를 몰아내곤 해서 안심했더니 큰일은 순식간에 일어났다. 어미가 사자를 막느라고 이리저리 움직이자 새끼가 어미 다리에서 벗어나 넘어지고 만 것이다. 사자가 이를 놓치지 않고 덤벼들어 새끼 기린을 낚아채 갔다.

눈앞에서 새끼를 먹어치우는 사자를 멀뚱멀뚱 바라보고 있는 어미 기린을 보니 답답하기 이를 데 없다. TV화면 쪽으로 다가가 어서 쫓아가서 막으라고 소리를 질렀다. 어미 기린이 들을 리 없건만 너무나 가슴 아프고 안타까워서 나도 모르게 큰소리가 나온 것이다. 그 처참한 장면의 여운이 오래도록 가시지 않는다. 지금도 그 생각을 하면 명치끝이 아파온다. 긴 속눈썹을 깜빡이며 죽어가는 새끼를 속수무책으로 바라보는 어미의 심정이 어땠을까.

지난 5월 5일이 월요일이어서 우리나라에서는 황금연휴였지만, 지구의 한 모퉁이에서는 큰 재앙이 일어났다. 싸이클론 '나르기스' 가 미얀마 중남부지역을 휩쓸어 만여 명의 사망자와 3,000명이 넘는 실종자가 발생했다는 보도였다. 갑작스럽게 일어난 대자연의 재앙 앞에서 인간은 속수무책일 수밖에 없었다.

그 충격에서 벗어나기도 전에 또 5월 12일 중국 남서부 쓰촨(四川)성에서 강진이 발생해 4,500만 명의 사상자와 수없이 많은 재산 피해를 냈다는 보도를 접했다. 자연의 재해 앞에서는 속수무책일 수밖에 없지만, 우리 인간의 힘은 대단해서 대재앙을 수습하는데 지구촌이 하나가 되는 지혜를 보여주고 있다.

5월 22일 미국의 콜로라도에서 발생한 토네이도나, 우리나라 보령에서 갑자기 일어난 해일로 방파제에 나갔던 관광객 10여 명이 파도에 휩쓸려 간 사고 또한 인간의 힘으로는 어쩌지 못한 천재지변이었다.

이 같은 일이 어찌 대재앙에서만 일어나겠는가. 살다 보면 속수무책으로 당하는 경우가 많다. 한강 한가운데서 익사하는 장면을 목격하고도 어쩌지 못하는 경우도 있고, 강한 물살에 사람이 떠내려가며 살려 달라고 외쳐도 달리 방법이 없어 발만 동동거리는 경우도 있다. 자식이 눈앞에서 죽는 걸 보거나 피붙이가 몹쓸 병으로 죽어가는 장면을 보고도 어쩌지 못하는 게 인생사다.

대책이 없으면 빨리 마음을 접고 수습해 나가는 방법도 지혜로운 처사가 아닐까.

사고로 한꺼번에 아들 둘을 잃고 하늘을 원망하며 울부짖던 지기가, 현실을 극복하기 위해 피임복원 수술 후 아기를 낳아 키우는 동안 절망의 늪에서 빠져나올 수 있었단다. 그녀가 매사에 열정적인 것은 남모르는 큰 아픔을 잊기 위함인지도 모르겠다. 나이는 나보다 어리지만 지혜롭게 살아가는 그녀에게서 인생을 배운다.

이젠 단념하거나 포기하는 것도 배우고, 어떠한 사고에도 담담하게 대처하는 방법도 연습해 둬야겠다. (2008년)

2. 아, 소현세자

디지털과 아날로그

컴퓨터가 우리 생활 속에 깊숙이 스며들기 시작한 것은 90년대 초다. 특정 부서에만 있던 컴퓨터가 필수품이 되어 보급률이 높아가고 있을 때였다.

시대에 뒤처진다는 불안감으로 조바심이 일던 차에 초등학교 2학년이었던 딸아이 덕분에 한 달 동안 시 교육청에서 컴퓨터를 배우게 되었다. 결석 한번 안 하고 출퇴근하며 열심히 배우고 있는데, 한 무리의 엄마들이 주고받는 소리가 들려왔다.

"힘들고 머리 아프게 벌써부터 컴퓨터를 뭣 하러 배워, 몇 년 후면 가만히 앉아서 쉽게 할 수 있는 제품이 나올 텐데."

그 말을 들은 지 10년, 스쳐들었던 말을 실감하고 있다.

첨단의 시대다.

삐삐가 핸드폰으로 바뀐 지 얼마 되지 않아 첨단시스템을 갖춘 고가의 핸드폰을 필수품인 양 너나없이 들고 다닌다. 디지털카메라는 하루가 다르게 고화소에 그 기능까지 다양해지고, 컴퓨터도 펜티엄 1, 2보다 두 배나 빠른 64비트의 컴퓨터가 시판되기 시작했다. 갈수록 용량은 커지고 편리하며 쉽게 사용할 수 있는 신제품이 쏟아져 나오고, 아주 작은 칩과 무선통신을 결합한 무선인식태그(RFID) 하나로 업무를 처리할 수 있는 유비쿼터스시대가 도래하고 있다.

실험연구 수준이던 기술이 산업현장과 실생활에 적용되기 시작해서 무선인식태그만 있으면 계산대에 갈 필요조차 없게 되고, 사람이 할 일을 알아서 자동으로 척척 처리해 주기 때문에 바코드는 구시대의 유물로 밀려나고 유비쿼터스의 혁명이 급속도로 확산될 전망이다.

새로 짓는 아파트까지 각종 시스템을 갖춰 선보이고, 디지털화된 가전제품은 하루가 다르게 새 제품이 나와 아날로그 세대인 나는 따라가기조차 벅차다.

평촌 신도시에서 10년 만에 새 아파트로 입주하고 보니 갑자기 버전이 낮은 아날로그가 된 기분이다. 현관 입구에서부터 더듬거리기 시작한다. 집안의 기기와 제품을 사용하려면 디지털세대인 아이들의 도움을 받아야 한다. 설명서를 정독하며 훑어 내려가고 있는데 아이들은 벌써 사용법을 터득해 척척이다.

아이들에게 사용법을 배우며 시골에 계신 시어머니를 생각했다. 시골에서는 명석하고 지혜와 슬기가 넘치는 분이 아들집에만 오시면 문명을 멀리한 분이 된다. 화장실 입구에 있는 스위치를 눠두고 화장실 안의 비상벨을 자주 울려 식구들과 경비를 놀라게 하고, 수도꼭지와 샤워기 사용법이며 텔레비전 켜는 것까지 따라다니며 알려드려야 한다. 어머니의 모습에서 먼 훗날의 내 모습을 보는 것 같다.

이제는 새 물건을 구입하면 용량이 부족한 아날로그가 되어 디지털인 아이들을 먼저 찾는다. 인터넷에서 자료를 찾거나 새로운 작업을 시도하려면 굼벵이처럼 더듬거리게 된다. 도움말을 클릭해서 정독하고 있으면 아이들은 벌써 마우스를 움직여 다음 장을 넘기고 있다. 그쯤 되면 슬그머니 일어나 아예 자리를 내어준다.

앞으로도 이런 일이 빈번할 것이다. 뒤처지는 기분을 떨치려고 아날로그이기를 자청한다. 아이들 앞에서 엄마의 느림을 자인하고 아날로그의 속도를 유지하며 나만의 버전을 고집한다. 집안일이며, 컴퓨터 작업이며, 업무처리를 잽싸게 하지는 못하지만 꼼꼼하고 섬세하게 하는 편이다. 느리지만 실수가 적고 정리정돈이 잘돼 다음에 일할 때 편하다.

마음은 조급성인데 행동은 아날로그다. 디지털과 아날로그가 한 울안에서 조화를 이루고 있다. 날로 급변하고 있는 세대를 따라잡지 못해 언젠가는 뒷전에 머물러 시골 어머니처럼 될 것 같다.

그래도 디지털을 선망하지는 않으련다. 버전이 낮아도, 용량이 부족해도 나만의 특성을 고수하고 싶다. 내 달란트에 만족하고 이 시대를 살아가고 있음에 감사하면서. (2005년)

농담

농담으로 듣기에는 가슴이 저민다. 요즘 남자들의 권위가 곤두박질쳤다는 자탄에서 나오는 자조 섞인 농담이 왜 그리 서글프게 들리는지 모르겠다.

아직도 가장의 권위가 새파랗게 살아 있는 우리 집 가장의 입을 통해서 나 모르는 자괴적인 유행어를 들었다는 사실이 충격이었다. 살갗에 소름이 돋은 것은 잠시, 지금 흘러가고 있는 사회의 한 단면을 보았다. 이 땅의 남자들, 우리 사회의 실질적 지배 세대인 와인세대가 느껴야 하는 자화상일지도 모른다.

젊은 세대에 밀려 강한 상실감과 단절감을 느끼고 있다는 와인세대(WINE : Well Integrated New Elder 균형 잡힌 새로운 장년층의 머리글자를 따서 만든 용어로 45세에서 64세 사이의 기성세대를 가리키는 신조어. 인고의 시기를 거쳐 사회적, 개인적으로 잘 통합되고 숙성된 어른 세대를 뜻함), 민주화와 고도성장 시대의 주역을 맡았지만 IMF 직격탄을 맞아 경제적으로 고생을 많이 하고, 가족을 돌보려는 책임의식이 강하지만 보수적이며, 자식이 성장하고 집안이 안정된 시기에는 집안의 모든 권한과 경제력을 아내에게 넘겨야 하는 여생이 초라하고 서글픈 가장이라고들 하는데, 이를 지나치다 할 것인가.

사십대 후반에서 오십대 초반인 남편 또래의 남자들이 독약을 가지고 다닌다고 한다. 이유를 물으니 사회에서나 가정에서나 모든 권위를 잃고 천대받으며 비참하게 사느니 여차하면 한번에 마시고 생을 깨끗하게 마감하기 위해서라고. 우리 와인세대의 비참함을 그대로 반영한 농담치고는 섬뜩하다. 얼마나 서글프고 가슴 아픈 농담인가.

이태백, 삼팔선, 사오정, 오륙도, 육이오란 신조어가 늘수록 남자들의 어깨가 처지고, 가족을 돌보겠다는 책임감이 무력해지며 마지막 효도 세대인 이 땅의 주역이 그처럼 비참한 생각을 품고 살게 된 이유가 무엇인가.

기러기아빠 신세가 되어 처자식 생활비와 학비 마련을 위해 집을 팔고, 전세방에서 사글세로 나앉더니 결국 이혼하고 초라하게 살아가는 명퇴한 친구, IMF 때 대대로 물려받은 사업체를 잃어버리고 밑바닥 생활부터 다시 시작한 친구, 한창 일할 나이에 직장 밖으로 밀려나 이리 가나 저리 가나 천덕꾸러기가 된 친구를 보며 자조했을 것이다.

급변하는 사회 흐름만 탓할 것인가.

'가정이 바로 서야 나라가 바로 선다.'는 구호를 새겨듣고 그 뜻을 음미하며 한번쯤 과거를 돌아봐야 한다. 물질적으로는 궁핍했지만 정을 주고받으며 인간답게 살아온 7, 80년대, 가장은 가정교육의 핵이 되어 엄부의 역할을 하고, 어머니는 자식교육에 힘쓰며 아무리 어려워도 가정만을 지키려고 온갖 수난을 참아오지 않았던가. 우리 어머니들의 강인한 저력이 있었기에 우리 와인세대는 책임감을 가지고 사회의 주역을 담당하면서 나라 경제발전을 위해 땀 흘릴 수 있었다.

우리네 살림살이가 좋아지면서, 맞벌이 부부가 늘면서, 여권이 신장되면서 상대적으로 남성들의 권위와 직업의 영역까지 줄어들어, 왜소해지는 가장이 늘어나고 있다.

이혼율이 세계 2위인 이 나라에서 호주제가 폐지되면 얼마나 많은 여성들이 그 혜택을 받을지 모르지만, 한 가정이 온전하게 지켜질지 의문이다. 조금만 힘들어도 못살겠다며 가정과 자식을 쉽게 포기하는 현실인데, 부부가 이혼할 때 결혼생활 중 취득한 재산의 50%를 분할 청구할 수 있는 권리를 보장하는 민법 개정안을 여야 여성 의원들이 추진 중이라고 한다.

억울하게 당하고만 살아온 여성들이 받는 수혜보다 경제적으로 안정권만 보장된다면 50%의 재산을 믿고 이혼을 쉽게 생각하는 세대가 늘어나지 않을까 염려된다.

사회의 흐름이 이렇다 보니 와인세대로 밀려난 남자들끼리 만나면 자조 섞인 농담을 주고받는 모양이다. 남편을 통해서 듣게 된 농담이 가슴에 박혀 아릿하다. 대접받고 못 받고는 자기할 탓이지만, 적어도 내 집에서만은 가장의 권위가 실추되지 않도록 해야겠다. (2004년)

박 주사의 인생역전

산부인과를 빠져나오는 박 주사의 얼굴이 환하다. 종갓집 종손인 박 주사가 노총각 딱지를 뗀 지 일 년 만에 첫아들을 보았다. 집안의 경사요, 박 주사로서도 더할 나위 없는 기쁨이다. 사무실로 들어올 때까지 기쁨을 감추지 못하고 입 꼬리가 연신 올라간다. 다른 직원들과 기쁨을 같이하고 싶어 몸이 간질거린다.

아기 분만하는 것을 보고 오느라고 월요일 오전을 훌쩍 보내고 출근했다. 첫새벽에 산부인과에 갔기 때문에 두어 시간이면 될 줄 알았는데 생각보다 시간이 많이 걸렸다. 한참 열심히 일하고 있는 직원들에게는 미안했지만 미안한 마음보다 기쁜 마음이 더해 의기양양하게 사무실로 들어오자마자 국장이 불렀다.

"왜 이렇게 늦었는가?"

"부인이 분만하는 것을 보고 오느라고……."

"부인? 누구 부인이 분만하는데 자네가 늦는단 말인가."

“제 부인이 득남을 했거든요.”

“대단한 영부인을 두셨구만.”

국장실 밖으로 나오는데 박 주사의 얼굴이 일그러졌다.

‘축하는 못해 주고, 웬 트집이람.’

자리에 앉으며 사무실 분위기를 살핀다. 예전과 다른 기운이 감돈다. 그사이 무슨 일이 있었을까. 옆에 앉은 주임에게 넌지시 말을 건넨다.

“갑자기 사무실 분위기가 왜 이렇게 됐어?”

“오늘 아침에 위에서 공문이 내려왔다나 봐요.”

“무슨 공문인데?”

“의무적으로 몇 명씩 감원하라는 명령이래요.”

“의무적으로 감원을?”

박 주사는 정권이 바뀐 것은 정치권자들만의 얘기지 일개 서민인 자신과는 아무 상관이 없다고 생각했다. 주어진 일만 열심히 하면 되는 줄 알았는데 일선 공무원에까지 영향을 미칠 줄이야 꿈에서조차 생각 못했다. 직급이 높은 것도 아닌데 설마 했지만 현실은 가혹했다.

왜 하필 몇 명의 감원 명단에 박 주사가 들어가야 하는지 도저히 납득도 이해도 되지 않았다. 사십이 다 되어 참한 색시 만나 결혼하여 득남까지 했는데 호사다마가 나를 두고 한 말인가.

박 주사는 주어진 현실을 받아들이기까지 많은 시간과 싸워야 했다. 그래 내가 잘못한 것이라고는 늦게 결혼하여 떡두꺼비 같은 아들을 낳은 죄밖에 더 있어. 아냐, 누군가는 그만둬야 할 상황에서 내가 그만둬야지 나보다 젊은 직원들이 그만두면 그들의 장래는 어떻게 되겠어. 후배들을 위해 옷 벗었다고 생각하면 돼. 내가 십자가를 져 여러 사람이 구제된다면 그것도 덕을 쌓는 걸 거야.

본의 아니게 밀려난 박 주사는 마음을 잡고 한창 창업의 우선 품목에 들어가는 양념통닭집을 전에 다니던 직장 근처에다 냈다. 장사라는 것은 생각도 못해 본 일이지만 공무원 출신인 박 주사가 할 수 있는 일이란 한정되어 있었다.

갑자기 십자가를 지고 떠난 박 주사를 돕고자 하는 직원들 덕분에 통닭집의 매출이 갈수록 늘었다. 고달프기는 해도 신이 났다. 주사보다 사장이 더 자유롭고 현금을 만질 수 있어 좋았다. 갈비씨인 박 주사의 허리 둘레가 매출과 비례해 늘어났다. 제법 사장 티가 나는 박 주사는 야근하는 직원들에게 서비스로 시키지도 않은 따끈따끈한 통닭을 배달시켜 주고 가끔 저녁도 사주었다. 동호회 행사에도 적지 않은 돈을 찬조하며 의리를 지켜갔다. 동료들에게 나가는 돈이 많을수록 매출이 늘어 체인점 2개를 더 냈는데도 사업은 번창일로였다.

업무에 시달리는 동료들이 인생지사 새옹지마라더니 박 주사를 두고 한 말이라고 한마디씩 거들며 박 주사, 아니 박 사장을 부러워했다. 하지만 돈을 실컷 만져 본 박 사장은 시간관념 없이 동분서주해야 하는 사장보다 규칙적인 생활을 하는 동료들이 부러울 때가 있었다.

사회적으로 인정받는 정부기관이 아닌가. 아들이 유치원에 다니는데 통닭집 사장보다는 전에 다니던 직장이 아이들에게 자부심을 안겨줄 것이라는 생각을 떨쳐버리지 못했다. 그 사이 태어난 딸이 못하는 말이 없을 정도로 온갖 애교를 떨며 아빠한테 매달려 행복을 주었지만, 새삼스럽게 왜 자기가 불명예스런 그 명단에 끼어야 했는지 속이 상했다. 경제력으로 넉넉해지고 마음의 여유가 생기자 지난날이 그립기도 하고 전 직장에 대한 미련을 떨쳐버리지 못했다. 박 주사에게는 세월이 약이 아니라 아쉬움만 남겨주는 병이었다.

옛 선인들이 남긴 전화위복이니 새옹지마니 인생역전이니 하는 말들을 증명하듯 뜻밖의 일들이 박 주사 앞에 펼쳐졌다. 정권이 교체되면서 서정쇄신이라는 이름으로 억울하게 감원된 각 부처의 사람들이 헌법소원을 내고 복직을 위해 오랫동안 투쟁한 결과, 헌법재판소에서 위헌 판정을 내려 해직자들이 모두 복직되었다. 복직 대상자에 박 주사도 들어가게 된 것이다.

복직이 되었을 뿐만 아니라 10여 년 동안의 월급이 소급되어 한번에 목돈을 받아 안쓰러움을 뒤로하고 물러나던 때와 다르게 동료들의 부러움을 받는 처지가 되었다.

박 주사는 결코 교만하지 않았다. 어려움에 처했을 때 직원들이 십시일반으로 도와준 그 은혜를 잊지 않았다. 직원들의 복지상관이 되어 필요한 때에 점심을 사고, 간식을 제공하거나 회식이 있는 날이면 먼저 나가서 계산을 치러 동료들의 얄팍한 월급이 축나지 않도록 기동력을 발휘했다.

사업에 몸이 밴 박 주사는 복직해서도 시간을 허투루 보내지 않고 자투리시간을 활용하여 열심히 공부하더니 노후가 보장되는 자격증을 손에 쥐었다. 그리고 해직자로 사는 동안 가슴에 뭉쳤던 앙금이 사라진 듯 미련 없이 퇴직했다. 당당하게 사표를 쓰고 나와 개업한 것이다. 서

초동 번화가에 자리 잡은 박 주사의 사무실이 문전성시인 것은 말할 것
도 없다.

　사람들은 말한다. 로또복권보다 박 주사의 인생역전이 더 피부에 와
닿는다고.(2006년)

아기 보는 남자

경제가 IMF 때보다 더 어렵다고들 한다.

이태백, 삼팔선, 사오정, 오륙도, 육이오란 신조어가 고착화돼 이제는 낯설게 들리지도 않는다. 갈수록 실업률은 높아가고, 남아도는 고급인력은 갈 곳이 없어 길거리를 헤맨다. 한창 일할 시간에 경마장이나 경륜장, 산과 공원에서 배회하는 이마다 실업자다. 아름다운 금수강산에 잉여인간의 천지다.

젊은 남자가 나무 그늘에 서서 놀이터에서 놀고 있는 아이들을 응시한다. 순간 매스컴을 오르내리던 유괴범이 떠올라 인상착의를 유심히 살폈다. 다행히 그날 밤 아무 일도 일어나지 않았다.

멀찍이 떨어져서 아이들을 돌보는 남자가 부쩍 늘었다. 단지 내로 유치원 차가 들어오면 아이들 손을 잡고 나오는 아빠와 할아버지들이 많아졌다. 연세 드신 분이야 만기를 채우고 퇴직한 분들이지만, 젊은 아빠들은 삼팔선이나 사오정에 걸린 사람들이다.

6, 70년대만 해도 어른들 앞에서는 자기 자식을 예뻐하지도 못했다. 잘 못하면 못난 놈이란 소리를 듣기 때문에 사랑스럽고 귀여워도 드러내지 않고 사랑하는 법을 터득했다.

요즘은 능력 있는 엄마가 직장에 나가고, 젊은 아빠가 집에서 아기를 돌보는 경우가 늘고 있다. 아기를 업거나 멜빵에 매고 다니는 젊은 아빠를 많이 만난다. 엄마의 분 냄새보다 아빠의 심장소리를 들으며 자라고 있는 아이들, 할아버지 등에 업혀 나와 놀이터에서 놀다가 들어가는 아이들의 정서가 어느 쪽으로 편향될지 궁금해진다.

초등학교 입학식이나 졸업식, 학부모회의, 각종 행사에서도 젊은 아빠의 모습을 쉽게 찾을 수 있다. 유치원에서는 아빠와 함께 공개수업하는 날을 정해 프로그램을 진행하기도 한다.

민주화를 부르짖고, 촛불시위를 하며 의무는 멀리한 채 내 의사만 관철하겠다고, 권리만 찾겠다고 시위를 일삼은 결과, 무엇을 잃고 무엇을 얻었는가. 데모에 질린 외국 투자자들이 썰물처럼 빠져나가고 공장까지 철수한 업체가 늘어 그곳에서 일하던 종업원들의 일자리가 없어졌다. 첨단산업의 발달로 줄어든 일자리보다 노사분규로 인해 잃은 일자리가 더 많은 현실이다.

경제가 어렵다고 서민들의 한숨 소리가 잦아들기도 전에 하투(夏鬪)라 하여 택시와 버스업체들이 분규하고, 병원에서는 환자의 고통은 아랑곳하지 않고 장기 투쟁 중이라는 보도가 가슴에 체증을 느끼게 한다.

IMF 이후, 노사분규로 탄탄대로를 달리던 전통 있는 섬유업체가 도산하고, 장기 노사분규에 지친 외국 업체가 폐업을 하자 본사가 있는 외국에까지 쫓아가서 머리에 붉은 띠를 둘러매고 항의하는 소동을 보고 우리나라에 투자하려는 기업인이 있을까.

조금도 손해보거나 한 치의 양보도 하지 않겠다는 생각이 변하지 않으면 앞으로는 어떠한 신조어가 더 나올지 알 수 없다.

산업전선에서 힘차게 일할 나이에 집에서 아기 보는 남자가 늘어가는 오늘의 현실은 누가 뿌린 씨앗인가. 자업자득의 결과를 책임질 사람은 누구인가.

모두가 자신을 돌아볼 일이다.(2003년)

명절증후군의 대가(代價)

명절만 되면 매스컴을 장식하고 있는 '명절증후군' 이란 단어가 낯설지 않다. 세태가 많이 변했다. 제사용, 차례용 음식을 주문하면 시간에 맞춰 배달하는 서비스업체가 등장한 지 오래다. 그렇다고 우리 생활에서 명절증후군이란 단어가 사라질 날이 과연 올까. 우리 민족의 가족 계보에 변화가 없는 한 별반 달라지지 않을 공산이 크다.

실제로 명절증후군에 시달려 보지 않은 사람은 그 심경을 헤아리지 못할 것이다. 지금은 남의 얘기로 들리지만 그 경험을 오랫동안 해 왔다. 결혼 전에는 명절만 되면 노처녀라는 이유로 직장과 집에서 스트레스를 받았고, 결혼 후에는 명절에 시골 가는 일이 제일 큰일이면서 가장 심란했다.

고속도로든 국도든 가장 빠른 길로 간다 해도 길이 막혀 장장 7, 8시간 걸려 시골에 도착하면 파김치가 된다. 음식 장만은 어머니가 거의 해 놓은 편이라 문제없다 해도 몇 상자나 되는 목기를 닦아 놓고 아침 준비하고 나면 밤 한두 시, 두어 시간 자고 일어나 다섯 시부터 차례 준비를 하게 된다. 종가라서 대소간 식구들이 제일 먼저 우리 집으로 와서 차례 지내고 아침을 먹은 뒤 다른 댁으로 가기 때문이다.

2, 30명이 식사하고 나간 뒤 뒤치다꺼리를 하고 나면 바로 이어 점심을 차려야 한다. 되풀이되는 일과지만 종일 서서 설거지하고 챙기고 하다 보면 허리가 휜다. 재래식 부엌에서 일하다 집을 입식으로 고쳐 그나마 편했지만, 집이 비좁아 제사나 차례 한번씩 지내려면 시간이 많이 걸렸다.

명색이 종가인데 옹색한 장소를 벗어나야겠기에 무리하여 새집을 지었다. 한 번에 많은 사람들이 줄지어 절할 수 있고, 식사도 한 번에 할 수 있으며 거실에 주저앉아 일할 수 있었는데도 명절 지내고 상경하면 연중행사처럼 꼬박 3일은 몸살로 앓아누웠다. 그런 생활을 십수 년 하다가 제사를 옮겨와 집에서 지낸 지 7년째다. 얼마나 좋은지 제사나 차례를 지낼 때는 흥이 나올 정도다.

처음부터 시골 다니며 고생하지 않았으면 일 년에 다섯 번 지내는 제사나 차례에 짜증을 냈을지도 모를 일이다. 다행히 고생 끝에 낙이라고, 연로하신 시어머니가 며느리 고생 덜 시키겠다고 '가는 날이 제삿날' 일만큼 많던 제사를 합동으로 지내도록 줄여주셨다.

양 명절에는 차례 지내려고 모두들 시골로 내려가고 작은집 식구만 오기 때문에 식구가 단출하고 조용하다. 하는 일도 그만큼 줄어 내 시간이 많아 오히려 명절은 휴가나 다름없다.

올해는 추석명절이 길어 30만 이상이 해외여행을 떠났다고 한다. 그들은 비난할 수 없는 것은 나 역시 긴 연휴를 어떻게 보낼까 고심했기 때문이다. 시골은 미리 다녀와 마음이 홀가분하니 가족들과 보람된 시간을 보내고 싶어, 세 아이를 데리고 남편 직장으로 가서 아빠가 무슨 일을 하는지 직접 보여주고 장차 어떤 직업을 선택할지 고민하도록 했다.

명절만 되면 놀이문화의 필요성을 느끼지만 온 식구가 동참할 수 있는 마땅한 놀이가 없다. 그러다 보니 모였다 하면 동양화를 꺼내 놓고 고스톱을 치며 황금연휴를 보내는 이들이 많은가 보다.

우리는 아이들을 데리고 윷놀이도 하고, 다섯 식구가 한데 어울려 즐길 수 있는 볼링장으로 가서 가족의 일체감, 부모자식간의 애정을 확인하며 추억거리를 만들었다.

전에는 명절만 되면 몸살을 앓곤 했지만 지금은 휴가처럼 명절을 보내고 있다. 차례를 지내고 나면 사방에서 수고했다는 전화가 온다. 십수 년 고생한 대가로 명절증후군 대신 콧노래를 부르며 다음 명절을 기다린다.(2006년)

아, 소현세자

조선 500년의 역사에서 제일 가슴 아프고 안타까운 것은 뛰어난 인물들이 당파싸움이나 세력 다툼의 모함으로 인해 재능을 펼쳐보지도 못하고 아까운 나이에 사라진 일이다.

수많은 인물 중 왕자의 위치에서 아버지의 노여움으로 사라져 간 소현세자와 사도세자를 생각하면 가슴이 아프다. 사도세자는 텔레비전 드라마를 통해 많이 알려졌지만 소현세자의 경우는 베일에 가려진 상태다.

1636년 병자호란 때, 아버지 인조와 함께 삼전도의 치욕을 겪고 청나라 볼모로 끌려갔던 소현세자의 발자취를 돌아보면 그 안타까움은 극에 달한다. 볼모로 끌려갈 당시 26세였지만 여느 왕자보다 영특했고, 국제 정세에 혜안이 있었으며 나라의 안위와 백성을 위하는 지도자의 기질이 뛰어났던 소현세자다.

만약에 소현세자가 볼모생활을 마치고 귀국하여 의문사하지 않고 왕위를 계승했다면 한반도의 역사가 크게 달라지지 않았을까.

소현세자가 청나라 심양에서 볼모생활을 하는 왕자였지만 아버지인 인조보다 청의 신뢰를 받았던 것은 그의 탁월한 외교술 덕분이었다. 심양관을 지어 함께 잡혀온 200명의 포로와 생활하며 조선과 청의 외교를 담당할 만큼 실리적이었고, 포로인 조선인들이 생활하는데 불편이 없도록 하기 위해 호방(戶房), 예방(禮房), 병방(兵房), 공방(工房)의 기구를 조직하여 관장하기도 했다.

볼모로 있으면서도 나라의 안위를 위해 기민한 외교활동을 벌였고, 청이 모르게 돌아가는 국제정세의 동향을 국내에 알려 나라에 유익이 되도록 심혈을 기울였지만 반청 감정이 깊은 인조와 그 측근들은 소현세자의 능력보다 새로운 문물에 눈을 뜬 소현세자를 못마땅하게 생각했다.

그래도 소현세자는 볼모지에서 잡혀온 포로들을 신분에 따라 판매하는 것을 보고 무역이나 농업경영에 참여하여 비축한 돈으로 값을 지불하고 많은 포로를 구출해낸다.

소현세자와 친분이 돈독해진 청은 북경을 장악하고 조선의 이용가치가 줄어들자 소현세자의 귀국을 허락하고 인질들도 풀어주어 9년 만에 귀국길에 오른다.

소현세자는 독일 신부이자 과학자인 아담 샬을 만나 서양의 과학과 종교, 서양서적에 관심을 갖게 되어 자료들을 가지고 개혁의 꿈을 안고 귀국했지만 숭명반청을 고집하는 인조와 집권 사대부들의 눈총을 받는다. 결국 귀국한 지 2개월 만에 의문의 죽음을 당하여 조선 왕가 최초의 의문사라는 역사 기록을 남겼다.

소현세자는 정묘호란과 병자호란을 겪으며 나라가 힘이 있어야 한다는 걸 뼈저리게 느꼈을 것이다. 심양에서 볼모생활을 통해 국제정세의 흐름을 파악했고, 과학자인 아담 샬을 만나 새로운 문물에 관심을 가졌던 소현세자가 인조의 뒤를 이어 왕위를 계승했더라면 개혁과 개방의 물결이 17세기로 앞당겨졌으리라.

개화는 나라의 번영과 문명의 발달로 이어지고 그 지겨운 당파싸움도 없었을 것이며 유능한 인재들도 적재적소에서 능력을 마음껏 발휘하여 삶의 질을 향상시키는데 일익을 담당했을 것이다. 뿐만 아니라, 역사가 순조롭게 이어져 근대의 태동을 앞당김으로써 정치적으로는 민주주의, 경제적으로는 자본주의, 사회적으론 평등사상이, 문화적으로는 합리적 사고가 일찍이 자리 잡는 강국이 되었을 것이다.

그랬다면 일제의 강점기나 동족상잔의 비극, 국토분단도 없었음은 당연한 것이고, 오늘날 강대국에 휘둘림을 당하며 눈치나 보는 약소국의 비애와 처량한 신세는 면하지 않았을까.

아, 소현세자.

만약에 그가 아버지와 그 측근에 의해 독살당하지만 않았어도, 심양관의 경제를 도맡을 만큼 똑똑했던 세자빈 강씨와 국사를 잘 이끌었을 텐데 안타깝다. 세자의 사인을 알아내려던 세자빈은 국왕을 독살하려 했다는 누명을 쓰고 죽임을 당했으며 세 아들도 유배 중에 둘은 죽고 막내만 살아남았다니 어찌 슬프고 애달프지 아니하랴.(2005년)

말 한마디

우리는 살아가면서 생각 없이 내뱉은 말로 인해 상처를 받는가 하면 주기도 합니다. 가장 대표적인 예는 이해관계가 상반되는 위정자들의 말싸움입니다. 정가에서 끊임없이 일고 있는 말의 파고가 좀처럼 가라앉을 줄 모르는 것은 세 치 혀에서 비롯됩니다.

한 현역의원이 "거짓말 잘하는 현 대통령의 입을 공업용 미싱으로 드르륵 박아야 한다."고 극단적인 발언을 해서 국민들의 정서를 흩뜨렸습니다. 소설 속에서나 있을 법한 발언을 수용하지 못한 여론에 밀려 정식으로 사과성명을 발표하는가 하면, "비가 오면 우산을 쓸 줄 알아야 한다."는 묘한 뉘앙스를 남긴 고관 부인들의 고급 옷 로비사건, 조폐공사 구조조정할 때 검찰이 개입해 파업을 유도했다는 대검 공안부장의 말 한마디가 혼란스런 정국에 다시 회오리바람을 일으켰습니다.

이렇듯 말의 홍수 속에서 부대끼며 살고 있지만, 따뜻한 말 한마디에 사랑을 느끼고 용기를 얻으며 감사한 마음을 갖게 만드는 순기능의 효과는 역기능에 못지않습니다.

　외모에 자신이 없어 열등감에 빠져 있던 열아홉의 풋내기 아가씨는 친구들과 등산을 떠났다가 운명적인 만남으로 인생의 전환을 맞았습니다.
　갑자기 쏟아지는 빗줄기를 피해 들어갔던 내장사 대웅전 처마 밑, 비를 피해 모여든 많은 객들 속에 젊은 스님이 계셨습니다. 초면인 그분은 우리 일행을 자세히 살피더니 한 사람씩 돌아가며 장점을 말씀해 주셨습니다.
　"아가씨는 가지런한 이가 살짝 드러나게 웃는 모습이 예쁘다."
　내가 처음 들었던 이 말 한마디는 열등감을 밀어내는데 도움이 되었고, 훗날 그분이 지적한 장점을 의식하며 살아온 덕분에 지금의 남편을 만났습니다.
　까다롭기로 소문난 노총각이 맞선 볼 여자가 살짝 웃고 들어오는데 마음에 들어 단번에 청혼했다는 고백을 하더니, 십수 년을 살고 난 지금은 속았다고 애통해합니다.
　새삼 '말 한마디로 천 냥 빚 갚는다.'는 속담에 숨어 있는 조상들의 슬기를 음미해 봅니다.
　동생들과 자취하며 버거운 생활을 하던 20대에 용기와 꿈을 심어준 분이 계십니다. 한 사무실에서 오랫동안 같이 근무했던 상사 분은 여러 모양으로 드러나지 않게 선처해 주셨습니다.
　대학생인 남동생이 장학금을 받을 수 있도록 추천해 주셨고, 독서를 좋아했던 그분은 다 읽고 난 책들을 말없이 내 책상 위에 놓아주셨습니다.

그 배려는 빈곤했던 내 정신을 살찌게 해 주었습니다.

뭔가 하고자 하는 욕구는 있었지만 그 욕구가 무엇인지 감이 잡히지 않았던 시절, 점심 대신 커피 한잔을 마시며 텅 빈 사무실에 조용히 앉아서 책을 보고 있는데, 점심식사를 마치고 들어온 그분이 한마디 하셨습니다.

"미스 김, 나중에 결혼하더라도 꾸준히 공부해서 주부작가가 되어 봐."

사보에 게재되었던 몇 편의 수필을 보고 하신 말씀이었습니다.

계간으로 나오는 여직원 회지에 메시지 정도나 끍적거리고, 수필 몇 편 쓴 것이 고작인 내게 작가라니…….

독서와 편지 쓰기를 즐기고, 매일 일기 쓰는 일을 습관처럼 해 오고 있었지만 글 쓰는 작가는 상상도 못했던 것인데, 상사가 던져준 말 한마디는 불꽃 화살이 되어 내 심장에 열정을 발아시켜 주었습니다.

소설작법에 관한 일련의 책들을 구입해서 탐독하고, 작가들을 모방하느라 20대를 훌쩍 보내고 늦은 나이에 결혼해서 10년. 열심히 살았다고 자부하면서도 마음 한편에서의 공허는 무엇을 의미하는 것이었을까요. 해답은 멀리 있지 않았습니다. 옛 직장 상사가 던져주었던 말 한마디의 불씨가 죽지 않고 살아 있었던 것입니다.

뜻이 있는 곳에 길이 있다고 했던가요. 늦었지만 만학하며 국문학사가 무엇인지, 국어학사며 시, 소설 창작론, 구비문학, 고전시가, 현대문학사 등을 공부하고 났더니 길이 보이는 듯 자신감이 생겼습니다.

좋은 글을 남기고 싶다는 열망을 품어 봅니다. 누군가의 심장에 박힐 만한 말을 남길 수 있는 그릇은 못 되지만, 평소 지침서처럼 읊조리는 시한 편을 재음미해 봅니다.

말 한마디

부주의한 말 한마디가 싸움의 불씨가 되고,

잔인한 말 한마디가 삶을 파괴합니다.

쓰디쓴 말 한마디가 증오의 씨를 뿌리고,

무례한 말 한마디가 사랑의 불을 끕니다.

은혜로운 말 한마디가 길을 평탄케 하고,

즐거운 말 한마디가 하루를 빛나게 합니다.

때에 맞는 말 한마디가 긴장을 풀어주고,

사랑의 말 한마디가 축복을 줍니다.

(1999년)

새해를 기다린다

12월은 바쁜 달이면서도 마음 한구석이 허전해지는 달이다.

인생의 속도는 나이대로 간다는 말을 실감하고, 세월의 빠름을 탄식하며 살아온 날들을 되돌아보고 자성하기도 한다.

암울하고 답답한 시대일수록 새해에 거는 기대가 크다. 연말과 연초 하루 사이로 해가 바뀌는데도 무슨 좋은 일이 일어나지 않을까 기대를 하며 희망에 부풀게 된다.

올 한 해는 참 암울하고 불안한 해였다. IMF 때의 저력과 월드컵 때의 결집력은 온데간데없어지고, 탄핵으로 나라가 어수선했고, 지역갈등과 세대 분열은 수습하기 어려울 만치 멀어져 서로 반목하기에 이르렀다. 국제 신용도가 최하위로 추락하고 경제가 어려워 먹고 살기 힘들다고 아우성쳐도, 기업이 문을 닫아도, 투자자들이 외국으로 눈을 돌려도, 이태백의 양산을 눈앞에 보면서도, 이를 해결하기 위해 누구 하나 나서는 이 없어 선량한 국민들을 좌불안석하게 만들었던 해가 저물고 있다.

새 천년이 되면 뭔가 달라질 것이라고 믿으며 이벤트성 축제가 이뤄졌지만, 4년이 경과한 오늘의 현실은 차라리 그 이전의 시절을 그리워하고 추억하게 만들 뿐이다. 위정자들을 보면 소화불량에 걸린 듯 답답하고 혈압이 올라 신열을 앓곤 했는데 다행히 개인적으로는 행복한 시간을 보낼 수 있었다.

경기도 문화재단에서 지원금을 받아 작품집을 출간한 것과 한꺼번에 2권의 작품집을 출간한 사실보다 내게 일감이 주어져 일에 몰두할 수 있었다는 게 얼마나 행복했는지 혼자만 누린 것이 가족에게나 이웃에게 송구할 정도였다.

7개월 동안 낮인지 밤인지 구분 없이 내 일에만 몰두하면서, 한창 일할 나이에 직장을 그만두어야 할 처지에 내몰린 가장을 생각했고, 직장을 구하지 못해 본의 아니게 캥거루족이 된 이태백이 떠올라 안타까웠다.

내 일을 갖는다는 것이 얼마나 행복한 것인지조차 깨닫지 못하고 실업자로 살아가는 젊은이들, 귀공자처럼 자라서 힘든 일은 생각도 안 하고 못하며, 사회의 중심 세력이 되어야 할 청년들이 길거리를 배회한다고 생각하니 가슴이 저민다.

지금은 학생이지만 머지않아 그들의 대열에 합류하게 될 우리의 아이들을 생각하지 않을 수 없다. 그 누구에게도 위안이 되지 않은 채 진행되고 있는 나라 일들을 생각하면 가슴이 답답하다. 정치든 경제든 막힌 수로가 뚫리듯 시원하게 소통되어 국민들이 안심하고 희망에 부풀어 새해를 기다린다면 얼마나 좋을까.

나라가 어려울수록 한마음 한뜻이 되어 위기를 극복했던 민족성은 어

새해엔 뭔가 달라질 것 같고, 어떤 변화가 올 것이라 믿고 싶은 마음에 새해를 기다린다.

디로 증발되었는지, 도무지 희망이라곤 없어 보인다. 사회에 큰 영향을 미치지 못하는 이 사람도 이럴진대, 큰 꿈에 부풀어 호기 있게 살아야 할 젊은 사람들의 미래는 오죽할까.

한국을 떠난 지 오래된 교포가 십수 년 만에 고국을 찾아와 놀란 것이 세 가지란다. 모두 잘살고 있는 것이 놀랍고, 억억 하는 고층 아파트 값에 놀라고, 한결같이 자식들이 유학 가서 짧은 기간에 박사학위를 취득했다는 말을 듣고 놀랐단다. 이민생활 10년이 넘었어도 아들, 딸이 대학 가서 학위받는 일이 쉽지 않음을 알고 있는 분이었다.

그 말은 땀 흘려 노력한 결과보다 한탕주의로 부동산 투기를 하고, 인생역전을 꿈꾸며 로또복권에 매달리고, 유행처럼 번지고 있는 유학바람을 꼬집는 것이었다. 허세와 허황에 절어 건전한 정신으로 노력하려는 의지가 없어 보인다는 의미다.

새해에는 뭔가 달라져야 한다. 성실하게 노력한 만큼 대가가 뒤따라야 하고, 검소한 생활을 하며 열심히 저축한 서민들이 내 집 마련에 어려움이 없어야 할뿐만 아니라, 가정이 바로 서야 나라가 바로 선다는 구호대로 사회의 기초가 되는 가정교육과 공교육이 되살아나도록 고민해야 한다.

실업자들에게 물꼬를 터주고, 고령사회에 알맞은 복지대책, 저출산, 후손들이 뭘 해서 먹고살 수 있을 것인지 희망을 줄 수 있는 획기적인 묘안은 없을까.

새해엔 뭔가 달라질 것 같고, 어떤 변화가 올 것이라 믿고 싶은 마음에 새해를 기다린다.(2004년)

3. 그해 겨울 바닷가

역지사지(易地思之)

지금까지 살아오면서 가장 많이 사용하고 그만큼 유용했던 용어가 있다. 좁은 소견으로 이해하지 못했을 때나, 도덕관념으로 용납되지 않던 일, 인간의 도리로서 그럴 수는 없다고 도리질 했던 일들마저 그 용어를 떠올리면 생각이 바뀐다.

세 아이를 키우면서도 제일 많이 사용하는 용어이기도 하다. 개성이 제각각인 아이들이 제 생각만으로 상대를 탓하며 이해하지 않으려 할 때면 상대방과 입장 바꿔 생각해 보라고 일침을 놓곤 한다.

연륜이 쌓일수록 처세가 어렵다. 몰라서 배우며 터득할 때는 그 알아가는 기쁨이 있어 좋더니 이젠 입장이 바뀌어 배울 때보다 더 어렵다. 한창 자라고 있는 아이들에게 '지금 알고 있는 걸 그때도 알았더라면'에 보탬이 되고자 하지만 뜻대로 되지 않는다. 부모의 말을 미리 귀담아 들어주면 살아가는데 도움이 되련만 그들도 그들 나름으로 경험을 통해 터득하고서야 '지금 알고 있는 걸 그때도 알았더라면' 하고 후회할 것인지.

70년대 말경에 상경하여 영등포 도림동 버스종점에 셋방을 얻었다. 변두리여서 방세가 저렴해 그곳에 터전을 마련했지만 명동에 있는 직장까지 출퇴근하기엔 고달픈 거리였다.

버스 안내양이 문짝에 매달려 손님 밀어 넣기를 하고, 운전기사는 기사대로 급정거를 거듭하여 콩나물시루 같은 버스 속의 손님을 정리 정돈하던 시절엔 안내양이 손님을 그만 태우고 곧장 달렸으면 했고, 만원 버스가 정류장을 지나칠 때는 제발 정차해 주기를 얼마나 고대했던가.

80년대 초에 늦둥이 바람이 일기 시작하여 늦둥이 키우는 재미로 사는 중산층이 늘어나 모임 때마다 화젯거리가 되었다. 20대 직장인이었던 나는 늦둥이 부모를 향해 무책임한 처사이고, 자기밖에 모르는 이기주의자라고 매도했다.

늦은 나이에 아이를 낳으면 아이가 성년이 될 때까지 부모가 생존하리라는 보장도 할 수 없고, 부모와 세대 차이가 난 아이의 인생은 어떻게 될지 염려하지 않고 당신들의 인생을 위해, 권태기에 활력소가 된다 해서 늦둥이를 꼭 낳아야 하느냐고 성토했던 것이다.

그로부터 많은 세월이 흐른 뒤 입장이 바뀌었다. 마흔에 늦둥이를 낳고 보니 늦둥이 부모를 성토하던 20대의 시절이 떠올라 막내를 볼 때마다 양심의 가책을 느끼곤 한다.

수험생을 둔 학부모는 집안의 리듬이 깨지는 걸 막기 위해 그 누구의 방문도 달가워하지 않는다. 부모라 할지라도. 그러면 안 되는 줄 알면서도 도리를 저버리는 쪽을 택한다. 그만큼 자식의 문제가 절박하다는 것을 경험하고서야 깨닫고, 부모와 자식이 나란히 있을 때 맛있는 게 생기면 솔직히 부모보다 자식에게 먼저 주고 싶은 게 솔직한 심정이라고 토로하던 직장 상사의 말을 이제야 실감하고 있다.

사람은 겪어 봐야 그 처지와 심정을 헤아리게 된다. 어미가 돼 봐야 부모를 이해하고, 아들을 키워 봐야 시어머니를 이해할 수 있다. 그리고 많은 사람들이 왜 이혼하는지, 왜 싸우고 미워하며 화를 내는지, 왜 싫어하는지는 그 상황에 처해 봐야 알 수 있다.

우리는 상대방이 처한 처지도 모르면서 쉽게 비난한다. 시부모에게 잘못한다고, 사람의 도리를 못한다고, 어떻게 그런 일이 일어날 수 있느냐며 힐난하지만 막상 그 처지이고 보면 그럴 수도 있음을 이해하게 된다.

우리는 가끔 내로라하는 대그룹에서 일어나고 있는 형제간의 법정싸움이니, 왕자의 난이니 하며 이맛살을 찌푸리게 하는 소식을 접한다. 깊은 내막을 모르는 우리는 뭐가 부족해서 저럴까 하며 고개를 갸우뚱하지만 당자들 나름대로 이유는 있을 것이다. 겪어 보지 않고 남의 일이라고 함부로 쉽게 말할 일은 아니다.

살아가면서 도저히 이해할 수 없고 납득되지 않는 일들을 종종 접할 때가 있다. 그럴 때면 역지사지를 생각한다. '나라면 어찌했을까. 내가 그 입장에 놓였다면…….'

한발 물러서서 입장 바꿔 생각하면 놀랍게도 얽히고설켜 풀리지 않을 것 같은 일들이 의외로 순조롭게 풀리게 된다. 미움을 연민으로 바꾸는 연습에도 역지사지의 효과가 있고, 상대의 입장에서 생각해 보면 만사가 형통함을 느끼게 된다.

　자녀교육에 유용한 처방제이며 즉효약이 되고 있는 역지사지(易地思
之)가 나를 너그러운 인간으로 만들고 있다. (2006년)

미안 닦음비

우리는 살아가는 동안 싫든 좋든 어느 한 조직에 속하게 마련이다.

동창회, 계모임, 친목회, 반상회, 학부모회, 종교단체, 문학단체 등의 일원으로 활동하다 보면 본의 아니게 행사나 모임 때 빠지게 될 경우가 있다.

모임의 성격에 따라 벌금이라는 명목으로 회비에 덤을 붙여 내기도 하고, 미안하면 한 턱 내는 것으로 대신하기도 하는데, 이 벌금에 대한 불만이나 이의를 제기하는 사람이 의외로 많다.

벌금이란 '범죄의 처벌로써 부과하는 돈, 못된 짓에 대한 징계로 물리는 돈' 이라고 사전에 풀이되어 있다.

각종 모임에서 불참으로 부과되는 돈을 벌금이라고 하기엔 부적절하다. 좀더 알맞은 단어는 없을까.

새 아파트로 입주하고 일 년이 지났는데도 반상회의가 없다 보니 이웃 간에 서먹하고, 주민들의 협조가 필요한 데도 호소할 길이 없으니 잘

못한 것은 모두 반상회의를 하지 않는 우리 동 탓으로 돌아왔다. 쓰레기 분리수거장에서 만난 이웃이 들으라는 듯 우리 동에 대고 싫은 소리를 했다.

좋은 환경에 살면서 남에게 궂은소리 들으며 질시받아야 할 이유가 없다. 누군가가 나서야 될 것 같았지만 모두들 바쁘단다. 마침 안면 있는 분이 우리 동 주민끼리 모여서 커피 한잔 하자며 반상회의를 소집하자고 제의했다.

쇠뿔도 단김에 빼라고 내친김에 바로 실천으로 옮겼다. 기다렸다는 듯 많은 분들이 참석했다. 다과회를 하며 서로 인사하고 반상회칙을 정하고 6개월씩 돌아가면서 반장 일을 하기로 했다. 오랜만에 이웃들이 반갑게 만나 담소하며 화합의 장을 이뤘다.

다음날, 반상회의 결과를 인쇄해서 게시판에 붙였다.

공지사항과 협조사항, 건의사항 문안 중에서 '반장 일을 못할 시 미안 닦음비로 몇 만 원, 반상회의 장소 미제공시 몇 만 원, 불참 시 몇 천 원' 이란 문구를 넣었다.

주민들이 '미안 닦음비' 란 생소한 말에 호기심을 나타냈다. 표현이 재미있다며 이구동성으로 어감이 좋고, 뜻도 와 닿는다며 공감했다. 벌금 이라면 거부감이 일 텐데 '미안 닦음비' 라 했더니 정말 그렇게 생각하며 스펀지처럼 받아들였다.

한국문장사협회 회원들이 모여 공부할 때, '미안 닦음비' 에 대해 들려 줬더니 괜찮은 표현이라며 긍정적인 반응이어서 자신감을 얻었다. 글을 쓰기 시작한 지 20년이 넘었지만 이렇게 조어(措語)를 만들어 보기는 처음이다.

꼭 참석해야 할 행사나 모임에 부득이 불참했을 때는 미안 닦음비를 지불하며 이 용어를 애용한다. 그리고 미안해하는 사람을 향해 말한다.

"미안해하지 마세요. 정 마음에 걸리면 미안 닦음비로 대신하면 되니까요."(2005년)

그해 겨울 바닷가

복희의 그해 겨울은 암울했다.

여고를 졸업하고 대학 진학보다도 동경하던 서울에서의 직장생활을 꿈꾸며 여기저기에 이력서를 내놓고 기다리던 중이었다.

취직이 될 때까지 손수 밥해 드시는 할머니를 돕겠다고 죽림리에 가서 지낸 지 여러 달이 지나고 있었다. 날마다 목을 길게 빼고 대문간에 귀기울이며 우체부를 기다렸다. 자전거를 타고 지나가는 우체부라도 만날까 하여 점방 앞에서 서성거리며 들판을 바라보았다. 벌써 자란 들판의 보리가 초록 물결을 이루고 아지랑이가 봄바람을 타고 너울너울 춤을 추었다. 복희는 기쁜 소식이 아지랑이 속으로 날아오지 않을까 기대하며 희망을 버리지 않고 기다렸지만 기다리는 소식은 오지 않고 시간만 에누리 없이 흘러갔다.

누렇게 익은 보리가 출렁이던 들판에 모판이 만들어지는가 싶더니 모가 싹을 틔우며 진한 초록 옷으로 갈아입었고, 황소로 갈아 놓은 논배미에 물을 대느라고 발동기 돌아가는 소리가 밤낮으로 들려왔다. 자기 논에 물 한 방울이라도 더 흘러들어가도록 하기 위해 물꼬를 트다가 물싸움 하는 소리도 여기저기서 들렸다.

날마다 발동기로 품어낸 방죽 물은 바닥을 드러냈고, 숨 가쁘게 뻐끔거리는 물고기를 잡기 위해 동네 사람들이 방죽으로 몰려갔다. 너른 방죽에서 자라던 물고기들은 동네 사람들에게 몸 보시를 했다. 동이마다 가득 잡아온 물고기로 몸 보신한 동네 사람들은 모 심고, 모 때우고, 피살이 하며 여름을 보냈다.

땡볕 복더위가 지나도록 서울에서는 아무런 기척이 없었다. 복희는 반은 체념하고 할머니와 함께 농투성이로 지내면서도 한 가닥 희망을 품고 편지를 쓰기 시작했다. 굴지의 회사에 다닌다는 얼굴도 모르는 당숙한테 장문의 편지를 썼다. 복희가 왜 서울로 가야 하는지, 앞으로의 꿈은 무엇인지 구구절절하게 쓴 편지를 부쳐 놓고 할아버지, 할머니를 도와 가을 걷이에 힘을 쏟았다.

노란 수건을 머리에 둘러쓰고, 몸뻬 차림으로 시골 부엌에서 일하는 모습을 보고 복희 어머니와 아버지는 몹시 속상해했지만 복희는 아랑곳하지 않았다. 꼭 꿈을 이루리라는 포부가 있었기 때문이다. 그런데 한 해가 저물고 있는데도 서울서는 아무 소식이 없었다. 복희는 애가 탔다.

기러기 떼가 V자를 그리며 석양 노을 속으로 사라지는 걸 보면서 작은 방에 홀로 누워 있으면 말로 형용키 어려운 감정이 북받쳤다. 시골 골방에 앉아서 이십대를 좀먹이고 있다는 불안감과 불투명한 미래에 대한 두려움이 복희의 심사를 불편하게 했다. 꿈은 원대한데 현실은 막막했고 모든 일이 복희의 뜻대로 되지 않았다.

복희는 과감하게 집을 나섰다. 할머니한테는 집에 다녀오겠다며 인사하고 시간버스를 타기 위해 똘길을 걸었다. 매서운 바람이 긴 머리카락을 휘저으며 지나갔다. 정녕 꿈은 이룰 수 없는 것인가 절망감에 휩싸였다.

복희는 읍내 집에 도착하자마자 배낭에 톨스토이, 모파상, 도스토예프스키, 셰익스피어, 헤밍웨이 등을 마구 집어넣었다. 부모님에게는 할머니 댁으로 간다며 통 큰 거짓말을 하고 변산으로 가는 버스에 몸을 실었다.

한겨울이라 손님이 없었다. 자갈 깔린 신작로를 덜커덩거리며 달리는 버스가 심하게 흔들렸다. 잡념이 사라질 정도로 진동이 심했다. 읍내를 벗어나고 회색빛이 감도는 들판을 지나자 곧 바닷가가 한눈에 들어왔다. 밀물이 하얀 모래를 적시며 차오르기 시작했다. 잔잔하게 일고 있는 물결을 따라 해원을 응시했다. 크고 작은 산들이 먼 바다를 배경으로 스쳐 지나갔다.

하서면 등룡리, 노계동, 백년리, 비득재, 해창, 대항리…… 바닷가에 있는 동네가 오밀조밀 웅크리고 앉아 바닷바람을 품어 안았다. 바다를 바라보고 있는 조용한 마을이 적막해 보였다. 복희의 마음처럼 쓸쓸함이 묻어났다.

복희는 무거운 배낭을 메고 변산해수욕장에서 내렸다. 땅거미가 지기엔 이른 시간이었지만 낯선 곳이라는 두려움을 감추고 무조건 바닷가로 갔다. 말로만 들었던 변산해수욕장이었다. 맑은 바닷물이 발밑까지 들

파도가 철썩철썩 작별인사를 했다.
겨울바람이 잘 가라고 휘익 대며 머리카락을 흩트렸다.

어와 넘실댔다. 여름이면 수많은 사람들이 몰려와 모래찜도 하고, 물놀이도 하며 놀다 간다던 해수욕장엔 사람 하나 보이지 않았다.

복희는 바닷가 끄트머리에 있는 외딴 집을 향해 걸었다. 시멘트 벽돌로 지은 작은 집이었다. 저녁밥을 짓고 있는지 부엌에서 솔가지 타는 매캐한 연기가 솔솔 뿜어 나왔다. 불을 지피던 젊은 아주머니가 부엌문 앞에 서 있는 복희를 보고 놀라 일어났다.

"저어, 여기서 며칠만 묵을 수 있을까요?"

"쪼끄만한 방이 있기는 있는디……."

“괜찮혀요. 일주일만 있다가 갈라구요. 식구들은 얼마나?”

“우리 애기들허고 셋뿐이여라우.”

“그려요. 잘 됐네요. 방값은 일주일 분을 먼저 드리고 밥은 제가 원할 때만 한 끼씩 주시면 돼요. 물론 밥값은 따로 드릴게요.”

염려했던 것보다 일이 순조롭게 풀렸다. 긴장이 풀린 복희는 아주머니를 따라 연기가 가득 찬 부엌으로 들어갔다. 어두컴컴한 작은 부엌방에 배낭을 내려놓고 모래밭인 마당으로 나갔다. 울타리 없이 사방으로 트인 외딴집 마당은 눈에 보이고 발이 닿는 데까지가 마당이었다.

복희는 인기척이 없는 모래사장을 거닐었다. 파도 소리와 바람 소리가 음악처럼 들려왔다. 처음 찾아온 겨울 바닷가였다. 목도리를 둘러매고 반대편까지 천천히 걸어갔다 왔더니 아주머니가 작은 방에 군불을 지펴 따뜻하게 해놓고 컴컴한 부엌에서 설거지를 하고 있었다.

복희는 부엌으로 난 문을 통해 방으로 들어가 60촉 백열등을 켰다. 오랫동안 쓰지 않았는지 방 안에서 퀴퀴한 냄새가 코를 찔렀다. 방 가운데에 펴놓은 솜이불 속에 발을 넣고 배낭 속에서 벗들을 꺼내어 차곡차곡 쌓았다. 일주일 동안 함께할 친구들이었다.

그날부터 복희는 벗들을 만나기 시작했다. 밤낮 가리지 않고 안나 카레니나가 되고, 여자의 일생 주인공 잔느가 되기도 하며 두문불출했다. 매캐한 냄새가 들어오면 밥때가 되었나 보다 하고, 파도 소리가 들리면 밀물 때인가 보다 생각했으며 겨울바람이 외딴집을 에워싸고 울어대면 밤이구나 하고 짐작만 할 뿐 밖으로 나오지 않았다.

주인아주머니는 복희의 방에서 아무런 기척이 없으면 깜짝 놀라서 방

문을 열어 확인하곤 했다. 밥도 안 먹고 어떻게 사느냐고 근심어린 걱정
도 해 주었지만 복희는 끄떡없이 잘 지냈다.

책에 한번 빠지면 다음 장이 궁금해서 그대로 놓지 못하고 다 읽을 때
까지 책을 붙들고 있었다. 셰익스피어의 4대 비극과 희극을 읽고, 무기여
잘 있거라, 전쟁과 평화, 테스, 쿠오바디스, 폭풍의 언덕, 바람과 함께 사
라지다, 마농 레스꼬, 좁은 문, 위제니 그랑데, 춘희, 주홍글씨, 대지, 제
인에어는 복희를 일주일 동안 꼼짝 못하게 옭아맸다.

가끔 아주 가끔씩 용무를 위해 밖에 있는 변소에 다녀오고, 굶어 죽을
까 봐 염려하는 아주머니 걱정을 덜어주기 위해 이틀에 한 번꼴로 밥 한
끼씩 먹으면 그만이었다. 세계문학전집 속에 빠져 포만감, 충만감에 가
득 차 지내는 동안 일주일은 금세 지나갔다.

복희는 일주일간의 칩거를 마치고 밖으로 나왔을 때 눈을 바로 뜨지
못했다. 온 천지가 눈으로 덮여 있었다. 변산을 둘러싸고 있는 산들과 바
닷가 마을과 해수욕장이 두터운 눈 이불을 덮고 있었던 것이다.

일주일간 동고동락했던 친구들을 다시 배낭에 집어넣고 주인집 어린
아이들과 아주머니의 배웅을 받으며 외딴집에서 눈 속을 헤치고 천천히
걸어 나왔다. 파도가 철썩철썩 작별인사를 했다. 겨울바람이 잘 가라고
휘익 대며 머리카락을 흩트렸다. (2007년)

꿈과 현실

어떤 일을 직접 겪어야 봐야 그 처지를 이해할 수 있다는 말을 이제야 깨닫는다.

수험생이 있는 집에는 전화도 하지 말라는 말에 수긍하고, 시골에서 올라온 시어머니를 택시에 되태워 보냈다는 항간에 떠도는 수험생 엄마 이야기를 비난했는데 내 처지가 당자이고 보니 그 정황이 이해된다.

공부는 '지가 하지 엄마가 하냐' 며 내 활동에만 충실했다. 내가 해 준 것이라곤 새벽밥 해 주고, 늦게 귀가하는 아이를 기다리는 일과 필요한 책값이나 주는 정도였다. 내 사고(思考)에 빠져 지내는 동안 수험생을 둔 지기들은 몸으로 뛰었다. 좋다는 학원과 과외선생을 붙이는가 하면 날마다 교문 앞에서 대기하고 있다가 지쳐 나오는 아이를 데리고 이곳저곳으로 실어 나르며 온갖 정보를 꿰차고 다녔다. 어쩌다 만나게 된 그들을 보며 참 별나게 군다고 생각했다.

내 사전에는 '재수' 란 없다고 큰소리치며 꾸준히 공부하고 있는 아이

꿈과 현실 속에서 헤매고 있는 자신을 발견한다.
얼마를 더 살아야 인생에 초연해질 수 있을까.

를 믿었다. 좋은 머리가 꾸준히 노력하는 머리는 당하지 못할 것이라고
확신했다. 내신이 좋아 학비면제까지 받았으니 목표는 따놓은 당상이라
굳게 믿었다. 나뿐 아니라, 주변에서도, 학교에서도 그렇게 말했고 또 그
렇게 되리라 기대했다. 내심 결전의 그날이 빨리 와서 뚜껑을 열어 보고
싶었다. 겨우 수능일 한 달을 앞두고 수험생을 핑계 삼아 문인활동까지
접었다.

드디어 그날이 왔다.

2005년 11월 23일 대한민국 대학수학능력시험일, 국가의 모든 행사와

일정이 이 수능일에 맞춰졌고, 새벽부터 생방송이 시작되었다. 우리도 새벽같이 일어나 아이에게 따뜻한 밥을 해 먹이고 도시락을 쌌다. 아이를 데리고 수험장으로 가면서 제발 실수만 하지 않기를 바라고 또 빌었다.

고사장 입구에는 벌써부터 몰려온 학부모들로 인산인해를 이루었다. 인파를 비집고 길을 내어 아이가 들어가게 했다. 담담하게 들어가는 아이의 뒷모습을 보니 알 수 없는 감정이 북받쳤다. 가슴이 미어지고 목이 메며 눈물이 쏟아졌다.

이 하루를 위해 3년을 고생했단 말인가. 하루 시험 결과로 아이의 미래가, 인생이 달라진다니 과연 적절한 제도인가. 수능시험 몇 문제로 인해 대학이 달라지고 인생이 바뀐다면 공평한가. 제도에 문제가 있다한들 이제 와서 어쩔 것인가. 이미 수많은 학생들이 이 통과의례를 거쳐 갔는데…….

착잡한 심정으로 돌아왔다. 아이를 위한 기도는 입술 뿐 마음이 안정되지 않는다. 어느 대학에 가느냐에 따라 그동안의 실력이 입증되고 인정할 수 있음은 피할 수 없다. 방정맞게 꼭 내 아이만 실수하여 발을 동동거리고 안타까워하는 환영이 스친다.

종일 초조하다. 평소 하던 대로 내 일에 몰두하고자 했다. 가슴이 떨려서 뉴스도 들을 수 없다. 자꾸 시계만 바라보며 무슨 과목을 풀겠구나, 이젠 무슨 시간이구나 하며 시간과 초 싸움을 했다.

일찍 퇴근한 남편과 아침에 약속한 시간에 고사장으로 향했다. 고사장으로 가는 길이 막힌다. 종일 고사장 교문 앞에서 기도하고 있는 학부모들도 있다더니 과연 그랬다. 여러 지기와 우연히 만나 아이들의 얘기를 하다 보니 동병상련이라 같은 마음이다.

아이들이 하나, 둘씩 나오고 있다. 아이와 엄마는 그 많은 인파 속에서 용케도 잘 찾아 손잡고 빠져나간다. 한 떼의 사람들이 빠져나간 뒤 활짝 웃고 나오는 아이를 맞았다. 웃는 모습을 보니 마음이 놓인다.

아이와 돌아오는 길에 아이 친구를 안양역까지 데려다 주었다. 장래의 꿈이 비슷하고 뜻이 맞는다며 좋아하는 두 아이를 보니 흐뭇하다. 사회에 나가도 변함없이 잘 지내라고 조언을 해 주었다.

우리 가족만 남았는데 아이가 만점을 맞지 못해 미안하다기에 옳거니 했는데, 그 안도감은 오래 가지 않았다. 가채점을 해 보고 난 아이의 얼굴이 창백해진다. 평소에 자신 없던 수학문제를 다 풀었다며 좋아했는데 몇 개가 나갔다며 울고불고 난리다. 실망이 이만저만이 아니다.

아이가 이틀을 울었다. 아이의 꿈이 부서지는 소리를 듣는 것 같다. 서울대학교 외교학과를 목표로 했던 아이가 절망한다. 외교관이 되는 방법은 여러 가지라 말해도 대학입시부터 꿈을 이루지 못했다는 좌절을 맛보고 있다. 속에서 열이 뻗친다. 아무리 생각해도 믿기지 않는다. '어쩌다가, 왜 하필이면 너니.' 현실을 받아들일 수가 없다. 입술이 부르트기 시작한다. 꿈과 현실 사이에서 파도타기를 하고 있다.

아이는 아이다. 울고불고 하더니 감정을 정리한 듯 조용하다. 평상시로 돌아와 명랑해졌다. 그런데 나는 아니다. 현실을 받아들이기가 힘들다. 타임머신이 있다면 되돌리고 싶다. 전화벨은 끊이지 않고 울려댄다. 일일이 변명하고 있는 자신을 발견한다. 오히려 아이가 안쓰러운 듯 바라보며 '엄마, 아빠 미안하다' 며 울먹인다.

꿈과 현실이 확연해진다. 수능일 전날 해질 무렵에 잠깐 눈을 부쳤다가 꿈을 꾸었다. 꿈속에서 할머니 세 분이 길에서 뭔가를 덮고 누워 있었다. 그분들은 얼굴도 말짱하고 말도 잘했다. 꼼짝 않고 누워만 있기에 "도와줄까요." 하며 덮고 있던 거적을 걷었다. 아뿔싸, 세 분의 몸뚱인 없고 구더기만 득실거려 도로 덮었다. 인간인 내가 도와줄 상황이 아니었다. 절대자의 손길이라면 모를까. 생생한 꿈이 정신을 오락가락하게 만들더니 딸아이의 시험과 상관이 있었던 듯하다. 내가 도울 그런 상황이 아니었던 것이다.

외교관이 되겠다는 아이의 꿈을 실현하도록 돕고 싶어 아주 큰 세계지도를 아이 방 벽에 붙여 놓고 교육을 시켰다. 힘들어하거나 국제적인 이슈가 매스컴을 타면 네가 외교관이라면 어떻게 하겠느냐는 질문을 곧잘 했다. 편식하거나 음식에 대해 까탈을 부리면 외교관 될 사람이 그러면 되겠느냐며 아무 거나 잘 먹는 연습을 하도록 했고, 외교관은 남다른 국제적 안목을 가져야 하고 문명국이든 오지든 환경에 적응할 줄 알아야 한다며 일침을 놓곤 했다. 아이도 마치 외교관이 된 듯 매사를 객관적으로 판단하려고 애썼다.

아직 속단하기는 이른데도 왜 이리 허망하고 맥이 빠질까. 아이가 꿈을 실현할 수 있도록 다른 길을 찾아야겠다. 경험자들의 충고대로 학교보다 과를 선택해서 점수에 맞는 학교를 찾아가기로 마무리를 해 놓고도 꿈과 현실 속에서 헤매고 있는 자신을 발견한다.

얼마를 더 살아야 인생에 초연해질 수 있을까. (2005년)

잠 못 이루는 밤

더위가 한풀 꺾이면서 아침저녁으로 선선한 바람이 불어오니 마음이 스산해진다.

숨 막히게 하던 더위가 언제 있었더냐 싶다.

가을의 조짐이 보이면 어김없이 도지는 병이 있다. 수십 년 동안 찾아오는 연중행사를 어찌할 방도가 없다. 있는 그대로 받아들여 동거하는 수밖에 없는 것이다.

내 아이들이 어렸을 때 죽기 싫다고 투정부리던 그 고뇌를 지금 내가 하고 있다.

사위가 고요한 밤, 잠 못 이루는 까닭은 생로병사의 괴로움이다. 왜 태어났으며 왜 나이를 먹고 늙어야 하는지, 끝내는 왜 이 세상을 떠나야 하는지. 죽음이란 무엇인지. 사후의 세계는 정말 있는 것인지. 그곳에 가면 그토록 그립던 내 할머니와 외할머니, 삼촌, 고모들을 만날 수 있을지. 영혼이 불멸하다면 이 지구에서 살다 떠난 그 많은 영혼들은 어디에 머물고 있는 것인지.

내가 죽고 나면 내 가족은 얼마나 슬퍼할지. 내 아이들은 순조롭게 잘 살아갈 것인지. 삼 남매가 어떤 직업을 가지고 어떤 배우자를 만나 가정을 이루며 살려는지. 나 없는 세상을 상상하다 보면 깊은 늪에 빠져 허우적대게 된다. 옆에서 들려오는 숨소리, 세상모르고 꿈속을 헤매는 아이들이 부럽다.

고요를 삼키고 외롭게 도열한 창밖의 가로등이 깜박깜박 졸며 문명의 소리를 잠재우고 있다. 인간 원천의 고독을 삭이던 사유(思惟)는 또 다른 길을 찾아 깊은 산속의 옹달샘을 찾는다. 퍼내는 작업만 해 온 결과 고갈된 글의 옹달샘을 안타까워하며 실낱같은 물줄기라도 찾을까 하여 더듬어 본다. 종횡무진하는 사고(思考)를 끌어다 이것저것 조각보처럼 짜깁기하다 접어두고 부모형제를 생각한다.

연로하신 부모님과의 이별을 마음으로 준비하고 형제들과의 관계를 생각한다. 부모님이 돌아가시면 무척 보고 싶겠지. 많이 그리울 거야. 한 집에서 살을 부대끼며 살았던 부모님을 축으로 맺어진 혈연들과는 거리감이 생기겠지.

우리의 미래는 어떻게 변할까. 잡다한 생각은 꼬리에 꼬리를 물고 늘어진다. 어둠이 사라지고 태풍이 지나간 뒤 뭉게구름이 떠가는 여명의 하늘이 한눈에 들어온다.

쉬익쉬익 골바람에 나뭇잎 떠는 소리가 들려온다. 소쩍새가 기상을 알리고 까치 떼가 높은 나무를 오르내리며 앙칼지게 부르짖어 고요 속에 묻힌 문명을 건드린다. 가로등은 숙면에 들어가고 인간이 잠에서 깨어나는 소리가 들린다.

"저놈들이 또 시작하네."

새벽잠을 방해한다고 깍깍대는 까치 떼를 못마땅해하며 돌아눕는 반려자의 넓은 등을 보며 잠 못 이루고 까슬까슬해진 마른 눈을 깜박인다. 6시를 알리는 알람이 현실로 안내한다. (2006년)

30년만의 해후

가을만 되면 그 병이 도졌다. 밤잠을 설치며 그리워했다. 한번이라도 만나 볼 수 있을까 하여 백방으로 수소문을 했지만 만날 길이 없었다. 그렇게 30년의 세월이 흘렀다.

추석명절을 앞두고 시장에 가다가 딸이 들어가자고 하기에 아무 감정 없이 따라 들어갔다. 많은 사람들이 들고나는 그곳은 산뜻한 구석이라곤 찾아볼 수 없었다. 여기저기에서 퀴퀴한 냄새가 배어나와 내 취향과 거리가 있는 분위기였다. 딸이 좋아하는 곳이어서 들어갔을 뿐이었다.

그런데 그곳 구석에서 그가 날 기다리고 있었다. 아, 이렇게 만날 수도 있는 것을…….

장 보는 일은 뒤로하고 함께 집으로 왔다. 온갖 때가 절어 있어 정성을 다해 닦아주었다. 그리고 둘만의 시간을 즐기기 위해 가족들에게 도움을 청했다. 커튼을 내리고 모든 창문을 닫았다. 30년만의 해후다. 그동안 얼마나 보고 싶었던가.

그는 여전히 잘생기고 매력적인 장교였다. 멋진 장교복을 입고 말에서 뛰어내리는 모습이나 위험으로부터 어린이를 구해 원장 수녀에게 데려다 주며 한 수녀를 향해 미소 짓는 모습은 뭇 여성들의 가슴을 울렁거리게 만든다.

일선에서는 나폴레옹의 침공을 받아 전쟁 중이지만 스페인의 시골마을 미라플로레스는 평화롭기 그지없다. 가을 축성식을 보기 위해 마을 사람들이 모여들고, 집시들까지 몰려와서 춤과 음악으로 분위기를 고조시킨다.

집시인 부모에게 버림받고 수도원에서 자란 예비수녀 테레사는 자유분방하고 노래와 춤에 타고난 재능을 지녔지만, 성모 마리아를 흠모하며 수녀가 되기 위해 성심을 다하던 중 영국 장교와 눈이 마주친다. 가슴에 큐피드 화살을 맞은 테레사는 싸움터로 향한 이름도 모르는 영국 장교를 위해 기도한다.

테레사의 기도 덕에 적의 총탄이 장교 마이클의 폐를 스치고 지나가는 기적을 보이고, 전쟁에서 패한 영국군들은 부상당한 장병들을 데리고 미라플로레스 수도원에 와서 도움을 청하게 된다.

테레사가 부상당한 마이클을 발견하고 정성을 다해 간호하면서 두 사람의 사랑이 무르익는다. 테레사의 간절한 기도가 이뤄져 마이클이 쾌유하여 귀대하게 되고, 마이클은 떠나기 전에 테레사에게 사랑을 고백하는데 대사가 인상적이다.

"천년 훨씬 이전에 로마에 위대한 철학자가 있었죠. 그는 세상의 모든 연인들을 위해 큰 유산을 남겼어요. 사랑은 힘을 만들지만, 사랑을 멈추게 하는 힘은 아니다."

마이클의 목숨만 살려주면 성모님을 위해 성심을 다 바치겠다던 테레사는 사랑의 포로가 되어 수도원을 떠난다. 테레사가 수도원을 떠나자마자 비바람이 몰아치며 성모상이 없어진다. 성모상은 예비수녀 테레사가 되어 그녀가 벗어 놓은 수녀복을 입고 경건하게 수녀 수업에 임한다. 테레사가 사랑을 좇아 수도원을 뛰쳐나간 사실을 아는 사람은 아무도 없다.

수도원을 떠나온 테레사는 전쟁터에서 마이클을 찾아다니다 프랑스 병사에게 겁탈당하기 직전에 여장부 집시의 도움으로 위기를 모면하고, 집시들과 함께 생활하게 된다.

춤과 노래를 잘 부르는 테레사는 집시들의 인기를 독차지하고, 집시 형제의 사랑을 한 몸에 받지만 테레사를 사이에 두고 우애하던 형제가 갈등하고 반목한다. 동생은 현상금이 붙은 형을 프랑스군에 밀고하여 죽게 하고, 형을 배반한 동생은 그의 어머니가 총으로 쏴 결국 두 사람이 다 죽는다.

집시들에게 쫓겨난 테레사는 자신의 재능을 알아주는 집시 플라코를 따라 마드리드로 간다. 마드리드에서 테레사를 보고 한눈에 반한 마타도르 코르도바는 길거리에서 훔쳐온 음식을 먹고 있는 그녀를 카페로 초청한다. 무희로 단장한 테레사가 허름한 카페에서 노래와 춤으로 관객을 열광케 한다. 은쟁반에 옥구슬이 구르는 듯한 목소리가 환상적이다.

테레사의 관능적인 춤과 노래, 투우사의 은빛 찬란한 복장, 웃음기 없는 과묵한 사나이의 구릿빛 얼굴, 붉은 망토를 흔들며 소와 싸우는 멋진 장면이 뇌리에서 떠나지 않고 있었는데, 30년이 흐른 뒤에도 역시 매력적으로 보였다.

사랑하는 남자마다 불행을 안겨준다고 생각한 테레사는 사랑에 두려움을 갖게 되지만 오는 사랑을 막지는 못한다. 결국 사랑하는 투우사 코르도바마저 잃고 돈 많은 스폰서의 도움으로 대스타가 되어 유럽 순회공연 중, 벨기에 브뤼셀에서 죽은 줄만 알았던 첫사랑 마이클과 재회한다. 두 사람은 과거와 상관없이 결혼을 약속하지만, 테레사는 또 사랑하는 마이클을 잃을까 봐 두려워 비밀작전에 참전한 마이클에게 찾지 말라는 편지 한 장을 남기고 미라플로레스로 향한다.

4년 만에 돌아온 테레사는 가뭄과 흉년으로 피폐해진 고향 산천을 보고 가슴 아파한다. 성모상이 사라진 뒤 비가 한 방울도 오지 않았다는 주민의 말을 듣고 모든 잘못이 자신에게 있었음을 깨닫는다.

테레사가 미라플로레스 수도원으로 들어가 성모상이 있던 자리 앞에 엎드려 그동안의 잘못을 눈물로 회개하는 동안 기적이 일어난다. 출병했던 마이클은 사지에서 기적적으로 목숨을 건지고, 성모상은 제자리로 돌아와 테레사를 자비롭게 내려다보고, 밖에서는 단비가 쏟아져 가물었던 대지를 흥건히 적신다.

테레사가 수도원을 나갈 때처럼 들어올 때도 그 사실을 아는 사람은 없다. 오직 성모님과 테레사만 알 뿐…… 미라플로레스에는 다시 평화가 찾아온다.

여고를 갓 졸업하고 보았던 로저 무어와 캐롤 베이커 주연의 「기적」이라는 영화가 얼마나 인상적이었는지 오랜 세월이 흘렀는데도 그 장면들이 문득문득 떠오르곤 했다. 30년의 세월이 흘렀으니 감정도 많이 변하지 않았을까 의구심을 갖고 앉아서 헌 책방에서 구입해 온 비디오테이프로 두 번, 세 번을 감상했다. 그때의 감정들이 되살아나는 듯했다.

영화 배경을 그림으로 대체하는 장면이 많아 어설프기는 해도, 순박한 사람들의 모습과 지고한 남녀 사랑이 감동적이다. 1958년에 제작된 영화가 첨단을 달리고 있는 21세기에 감상하는데도 똑같은 감정을 느낄 수 있다니 그야말로 명화(名畵)가 아닌가. (2007년)

새옹지마(塞翁之馬)

누구든 물에 빠져 다급해지면 지푸라기 한 올이라도 잡고 싶은 심정이
된다. 절망의 나락으로 굴러 떨어지면 그 간절함은 더하다. 실낱같은 희
망의 끈을 찾고자 갖은 애를 쓰게 되는 것이다. 새옹지마나 전화위복, 쥐
구멍에도 볕들 날이 있다거나 음지가 양지된다는 말로 자위하며 절망에
서 벗어나려고 힘쓴다.

얼마 전, 한 달 사이에 연옥과 천국에서 헤매는 실전(實戰)을 겪었다.
큰아이에 대한 기대가 실망으로, 더 나가서 절망에 이르렀다. 도저히 납
득할 수 없는 현실을 받아들일 수 없어 침잠의 세계로 빠져들었다. 생각
의 가닥을 잡지 못하고 만감에 뒤척이며 불면에 시달렸다. 지옥은 아니
더라도 연옥의 세계가 그런 불편한 마음이지 않았을까.

수능 점수에 맞는 대학을 가면 되는 거지 엄마의 욕심이라며 마음을
비우라는 경험 있는 수험생 엄마들의 충고를 귓전으로 흘렸다. 그래도
기대치가 있는데 어떻게 쉽게 포기할 수 있다는 말인가.

내 사전엔 '재수'란 없다고 큰소리 친 지 몇 달도 안 돼 내신이 아깝다
는 학교 측의 권유대로 재수를 생각했다. 요즘 재수는 에쿠스 한 대 값이
라고들 한다. 바로 아래 동생이 고 2가 되는데, 연년생처럼 뒷바라지 할
생각을 하니 경제적인 면보다 피차 1년을 또 고생해야 한다는 사실이 내
키지 않는다. 남편은 아이에게 힘을 실어준다. 밀어줄 테니 반수라도 하
란다.

그렇게 잠정적으로 결론을 내렸지만 난 지푸라기라도 잡고 싶은 심
정이 되어 만약을 대비해 수능일 전에 접수해 놓은 대학 2학기 논술에
희망을 걸었다. 아이는 수능에서 수리 때문에 망친 것에 겁을 냈다. 수
리논술은 자신 없다며 시험을 보지 않겠다고 우겼다. 아이의 자신 없는
태도가 못마땅했다. 끝까지 최선은 다해 봐야 하지 않겠느냐고 울화를
터트렸다. 아이는 주눅이 들어 논술 책을 사왔지만 별 흥미를 느끼지
못했다.

언어논술과 수리논술로 당락을 결정하는 시험일이 이틀 남았다. 촉박
한 시간이다. 수리논술이 문제라서 인터넷 강의라도 들어 보라고 결제카
드를 주었다. 어차피 재수하기로 했으니 빈 마음으로 경험 삼아 응시하
라고 다독였다. 아이는 마지못해 인터넷 강의를 접수하고 이틀에 걸쳐
10강을 들었다.

다음날 새벽에 일어나 도시락을 준비했다. 초행길이었지만 전철역까
지 데려준 남편 덕에 편안히 안암동에 도착했다. 많은 응시생과 학부모
들이 캠퍼스 안으로 밀려 들어오고 있었다.

우리가 사는 지역이나 학교에서의 생활이 얼마나 우물 안 개구리였는

지, 괜찮은 대학에 들어가기가 얼마나 치열한지를 피부로 느꼈다. 응시생들은 배정된 강의실로 들어가고, 학부모들은 대기실에 모여 기다렸다. 다행히 일찍 도착한 부모들은 자리에 앉아 기다릴 수 있었지만 늦게 온 부모들은 온종일 서서 기다렸다.

같은 자리에 앉게 된 엄마들과 말문을 텄다. 수험생 엄마라는 공통점이 금세 벽을 허물게 했다. 춘천, 부천, 서울, 지방에서 미리 올라와 몇 백만 원 하는 논술 특강까지 마친 아이를 둔 엄마, 다섯에 두세 명은 재수생 엄마였다. 모두들 학교에서 내로라하는 애들이었고, 수능 점수도 우리 아이보다 높았다. 그곳에서 많은 정보를 주워들었다.

마음을 비우고 왔다고는 했지만 한 가닥 희망을 걸었다. 다행히 아이는 독서량이 풍부하고 언어논술은 평소에 해 온 터라, 수리논술만 괜찮게 봐준다면 희망은 있는 것이다.

점심시간이 되자 응시생을 데려다 밥을 챙겨 먹이느라고 학부모 대기실이 북새통을 이뤘다. 자리가 없어 도시락을 들고 서성거리는 응시생들을 위해 엄마들이 자리를 비켜주었다. 모두가 내 자식 같다. 경쟁자들이지만 그동안 얼마나 고생했겠냐 싶으니 안쓰러움이 은근한 사랑으로 변한다. 동병상련의 심정이랄까.

함께 앉아서 대화를 주고받았던 엄마가 밥을 먹고 있는 재수생 아들에게 언어논술이 어땠는지 묻는다. 그 옆에 앉은 엄마도 재수생인 딸에게 묻는데 대답은 한결같이 어렵고, 무슨 말인지 모르겠다고 하는데 상반된 기분이 스쳐간다. 어쩜 우리 아이에게는 절호의 기회가 될지 모른다는 희망이 싹튼다. 어서 수리논술이 끝나고 아이를 만나고 싶은 마음이 다

급해진다. 좀 전까지만 해도 자신만만해하던 엄마가 풀이 죽어 말수가 줄었다.

오후 4시가 넘어 시험은 끝났다. 응시생 4만 명 이상과 그 학부모들이 구름처럼 몰려나간다. 한 번의 응시료가 7만 원, 4만 명 이상이 응시했으니 얼추 잡아도 28억이 넘는다. 입시철만 되면 대학들의 건물이 하나씩 올라간다는 말이 우스갯소리만은 아닌 듯싶다.

썰물처럼 빠져나가는 인파에 밀려나오며 아이에게 조심스럽게 물었더니 수리논술도 염려했던 것보다 어렵지 않았고, 언어논술은 예시문이 모두 아는 내용이어서 쉽게 썼다고 한다. 안심이 되었지만 수능 때처럼 또 실망할까 봐 마음을 놓을 수가 없었다.

지하철 안암역이 발 디딜 틈이 없을 정도로 인산인해였다. 가까스로 왔던 길을 되돌아 올라왔다. 인근의 간이음식점에 가서 음식을 먹으며 시간을 때우다가 다시 내려갔더니 언제 그랬느냐 싶게 한산하다. 대학이란 높은 벽을 그렇게 실감하고 돌아왔다.

은근히 기다려지는 발표일이었지만, 포기하는 쪽으로 기울이기로 했다. 그래야 충격이 덜할 것 같아 의도적으로 그랬다. 그러면서 한편으로는 예지몽을 믿었다.

굉장히 어렵게 사는 친구가 하는 일마다 풀리지 않아 동동거리는 걸 보며 안타까워했는데 마지막엔 활짝 웃으며 곧 큰 적금을 탄다며 걱정 말라고 해 안심하는 꿈이었다.

합격자 발표는 미리 발표한 여느 대학과는 달리 시간을 정확히 지켰다. 12월 21일 수요일 오후 5시, 미리 컴퓨터를 켜놓고 기다리는 몇 분이

여삼추처럼 느껴졌다. 가슴이 떨려 입력할 수 없을 것 같아 아이에게 확인해 보라고 했다. 응시생 모두가 인터넷으로 확인하는지 제대로 작동이 안 된다.

아이가 서재에 들어오지 말라고 한다. 지가 먼저 확인해 보고 엄마한테 연락하겠단다. 일부러 막내아이 방에 가서 책을 펼쳐들었지만 떨려서 눈에 들어오지 않는다.

확인할 시간이 넘었는데 아이에게서 아무런 기척이 없다. 숨이 막혔다. 또 절망을 맛봐야 하는가, 아니면 이 순간이 지난 뒤 지기들에게 기쁜 소식을 전할 수 있을 것인가. 희비가 오락가락했지만 환영이 스쳐간다. 핸드폰에 지기들의 번호를 입력하여 기쁜 소식을 문자로 날리는 환영이 사진처럼 편집된다.

아이가 엄마를 부르며 거실로 나온다. '합격' 이다. 서로 얼싸안고 울었다.

확인하고 또 확인했다. 마침 남편도 직장에서 확인하고 있었다. 순간 미당의 시 한 구절이 떠오른다.

'한 송이의 국화꽃을 피우기 위해 간밤엔 무서리가 저리 내리고 천둥은 먹구름 속에서 또 그렇게 울었나 보다.'

인생지사 새옹지마라는 것을 확실하게 보여주기 위해서였단 말인가. 승승장구하는 아이가 자만할까 봐 겸손을 가르치기 위해 시련을 겪게 했다는 말인가. 어떤 뜻이 있어서였건 전화위복이 되었다.

줄곧 '역시 실력자는 다르다' 는 말을 들어야 그동안의 노력과 고생이 헛되지 않은 것 아닌가 하는 생각을 버릴 수가 없었다. 목표했던 대학은 아니더라도 재수하지 않아도 된다는 사실이 기쁘고 감사하다. 꽉 막힌 체증이 내려간 기분이다.

인생지사 새옹지마라는 말은 이를 두고 한 말일 게다.(2006년)

향수(香水)

향수에 대한 상식이 없던 몇 년 전의 에피소드가 생각난다. 등단을 위해 응모한 뒤, 선생님의 연락을 받고 사무실로 가는 날 봄비가 억수같이 쏟아졌다. 간절한 바람이 이뤄지고 있다는 희망에 부풀어 가지 않던 미장원에 가서 머리 손질도 하고 처음으로 향수까지 바르고 집을 나섰다. 향취가 어떤지 어느 향이 은은하고 좋은 것인지도 모르고 샘플처럼 앙증맞게 작은 병 열 개 중에서 하나를 골라 바르며 한껏 멋을 부렸는데…….

선생님이 가끔 강의 중에 지나친 향취는 거부감을 준다며 향수 얘기를 꺼내신다. 가슴이 뜨끔하여 등줄기에 땀이 솟는다.

택시를 타거나 어르신 옆에 있으면 진한 향취에 숨이 막힐 때가 있다. 일흔이 넘은 친정아버지도 머리에 포마드를 바르는데 향이 너무 진해 화장품만 바르시라고 말씀드렸다. 친정어머니는 우리가 찾아가는 날이면 퀴퀴한 냄새를 없앤다고 집안에 방향제를 뿌려 놓아 숨쉬기가 거북할 정도여서 곤란을 겪는다.

부부끼리도 기분에 따라, 주기에 따라 체취가 달라진다. 나이가 들면 호르몬의 변화로 독특한 체취가 생긴다. 부부와 혼자 사는 사람의 냄새가 다른 것도 호르몬의 영향 때문이란다.

스쳐가는 사람에게서 나는 진한 화장수가 역겨울 때마다 남에게 불쾌한 냄새를 풍길까 봐 몸가짐을 다시 하게 된다. 유독 냄새에 민감한 편이라 숨을 쉬지 않는 연습을 습관처럼 해 오고 있다. 세 아이 키울 때도 숨을 참으며 대소변을 치웠고 아기가 구토를 하면 함께 토할 정도로 비위가 약하다. 연말에 외국에 다녀온 지기가 선물로 사온 목욕용품이 한국적이지 못하고 냄새가 역겨울 만큼 독해서 미련 없이 쓰레기통에 버리기도 했다.

20대 청년기에는 화장을 거의 안 하고 직장에 다녔다. 젊음 자체가 아름다움이라고 생각되어 멋내는 일보다 청결을 우선시하며 멋은 나이가 먹어서 내겠다고 결심하곤 했는데, 이제는 때가 된 듯하다. 향이 좋은 냄새를 맡으면 무슨 향일까 관심을 갖게 된다.

우리 집에 방문하는 앳된 선생님에게서 나는 은은한 향이 좋아 호흡을 길게 자주한다. 젊음 자체도 좋지만 요즘 신세대답지 않게 센스 있고 품위 있게 행동하는 예의바름이 향만큼이나 마음에 든다.

베란다에 있는 몇 개의 동양란이 경쟁하듯 개화를 시작하면 집안에 향기가 가득해진다. 진하지 않으면서 멀리까지 은은하게 퍼지는 기분 좋은 동양란의 향기가 젊은 여선생에게서 나는 것이다. 화장품 냄새인 줄 알았는데 향수라며 향수에 대한 정보와 지식을 귀띔해 준다. 향수라면 프랑스나 유럽 쪽의 수입 향수만 알고 있었는데 구미가 당기는 정보다.

향료를 알코올에 녹여서 만든 액체 화장품을 향수라고 하는데 원액 농도에 따라 퍼퓸, 오드 퍼퓸, 오드트왈렛, 오드콜로뉴 등이 있다고 한다. 인기상품은 퍼퓸과 오드트왈렛의 중간 타입인 오드 퍼퓸인데, 향취를 맡을 때는 병에다 코를 대고 직접 맡지 말고 맥박이 뛰는 부분에 한두 방울 정도 바르거나 흰 종이에 한두 방울 떨어뜨려 테스트하는 것이 좋단다.

알코올이 증발하고 남은 향이 진짜 향취인데, 향취는 톱 노트, 미들 노트, 라스팅 노트의 3단계로 변하며 톱 노트는 알코올이 섞인 향으로 뚜껑을 열었을 때 처음 느껴지는 냄새고, 미들 노트는 알코올 냄새가 약간 느껴지면서 본래의 주된 향기가 나타나며, 라스팅 노트는 맨 나중에 남는 냄새로 향수가 가진 본래의 향취라고.

라스팅 노트가 6시간 정도 지속되는 향수를 가장 좋은 향수로 치는데 향취는 성질상 밑에서 위로 올라오기 때문에 상의나 스커트 안단, 신체가 움직이는 부분에 바르는 것이 좋단다. 외국 영화에서 그런 장면을 종종 만날 수 있다.

향력을 최대한 증가시키려면 귀 뒤, 손목, 팔꿈치 안쪽, 무릎 뒤 등 맥박이 뛰는 부분이나 따뜻한 부분에 사용하는 것이 좋다며 여선생이 샘플로 직접 시범을 보여준다.

오른 손목 맥박 뛰는 곳에 한 방울 떨어뜨려 왼쪽 손목과 맞비비고, 오른 손목에 묻은 향수를 왼쪽 귀 뒤에 묻힌 다음, 왼쪽 손목은 반대로 오른쪽 귀 뒤에 대고 문질러 배운 대로 실천하고 있다.

스쳐지나가는 사람들에게 은은한 향기가 전해지길 바라며.(2005년)

예지몽과 주사야몽

전에는 꿈을 꾸면 하도 생생하여 현실처럼 느껴지기도 하더니, 꿈도 나이에 따라 변하는지 요즘은 꿈을 꾸어도 기억이 나지 않을뿐더러 꾼다 하더라도 현실과 상관없는 개꿈이기 일쑤다.

별명이 '꿈쟁이 요셉'이라 불릴 만큼 꿈도 많이 꾸고 예지몽(豫知夢)을 잘해 집에다 백기 꽂으라는 소리를 듣곤 했는데, 이제는 영혼이 혼탁해졌는지 말짱 허사로 돌아가는 꿈뿐이다.

2, 30대에는 예지몽을 잘 꾸어 프로이트의 『꿈의 해석』이란 책을 탐독하고 매일 꿈꾼 내용을 기록하여 그날 무슨 일이 생기는지 관찰하기도 했다. 이를테면 가위눌린 꿈을 꾸며 밤잠을 설치면 틀림없이 다음날 불길한 소식이 날아들었다. 친인척이 죽었다거나 사고를 당했다거나 뉴스에서라도 끔찍한 사고를 접하는 것이다.

예지몽을 현실처럼 생생하게 했던 기록도 부지기수다. 등단하기 전에는 여기저기에 글을 응모해 놓고 기다리는 재미가 있었다. 하루는 꿈속에서 내 이름이 적힌 공문을 보았는데, 다음날 원고가 채택되고, 입선이나 가작에 당선되었다는 소식을 한꺼번에 들었다. 인생이 이렇듯 진행된다면 얼마나 벅차겠는가.

뿐만 아니었다. 주택청약예금이란 것을 넣고 1순위가 되어 평촌신도시에 접수하러 다녔는데 그때도 예지몽을 했다. 결과 당첨되어 꿈에 그리던 집으로 넓혀갈 수 있었다.

예지몽이 꼭 좋은 것만 있었던 것은 아니다. 남편이 승진시험에서 고배를 마셨을 때, 2차 시험에서 주관식 한 문제가 잘못 되었다고 따지러 가는 꿈을 꾸었는데, 실제로 2차 시험에서 한 문제로 힘겨운 시험에서 탈락하고 말았다. 딸아이 수능 보는 날도 예지몽을 꾸었다. 불행히도 원하는 대학을 못가는 불상사가 일어났지만, 수시시험에서는 예지몽이 맞아 떨어져 원하는 과에 합격한 일이 있다.

현실적으로 믿기지 않은 일이 불과 몇 해 전에도 있었다. 새 아파트로 입주할 날은 가까워 오는데 살고 있는 집의 전세가 나가지 않아 불안하게 보내는 중에 꿈을 꾸었다.

집 주인이 우리 집 식탁에 돈 보따리를 내놓는 꿈이었다. 중개사에게 말했더니 집까지 둘러보고서도 살까말까 망설이는 사람이 있었다며, 그 사람에게 당장 전화를 했다. 놀랍게도 매매계약이 성사되어 제 날짜에 맞춰 돈을 받아 입주할 수 있었다.

몇 시간 후의 일을 예견한 예지몽도 있었다. 결혼 20주년 여행 때, 꼭 두새벽에 고속열차를 타고 부산으로 가는 중이었다. 길을 잘못 들어 목적지가 아닌 엉뚱한 곳에서 헤매는 꿈을 꾸다가 눈을 떴다. 우리가 탄

KTX는 여전히 잘 달려갔고 날은 환하게 밝아왔다. 예정시간에 맞춰 도착한 우리는 안도하며 부산국제여객터미널로 갔는데, 예상 밖의 소식이 기다리고 있었다. 새벽에 태풍주의보가 내려 모든 배들이 출항금지 되었다는 것이다. 얼마나 벼르다 온 여행길이었는데…… 맥이 풀렸지만 별수 없었다. 예정에도 없던 부산만 한 바퀴 돌다가 상경했다. 정확한 예지몽이었다.

이런 과거 전적을 믿고 남편은 내 꿈에 관심을 갖는다. 로또복권을 구하려는 목적에서다. 미안하게도 횡재하는 꿈은 없었다.

얼마 전 큰아들 대학입시 때 총천연색 용 두 마리가 시골에 있는 우리 집에 들어오는 꿈을 꾸었다가 허사된 이후론 꿈을 믿지 않기로 했다. 꿈이란 심신과 밀접한 관련이 있다는 것을 알기 때문이다. 우리가 간절히 바라는 일이 이뤄지면 기도가 이뤄졌다고 하듯이 꿈도 간절히 원하기 때문에 예지몽이나 개꿈을 꾸는 것이다.

주사야몽(畫思夜夢)이란 낮에도 생각하고 밤에도 생각한다는 뜻이지만, 꿈쟁이인 나는 상대가 누구이든 낮에 안 좋은 일로 오해가 있거나 섭섭하거나 억울한 일을 당했을 때는 꼭 꿈속에서라도 해결을 봐야 마음이 편안해진다.

객관적으로 기본을 벗어나거나 도리로서 있어서는 안 될 일이 현실적으로 너무 많이 일어나고 있다. 그걸 용납하지 못하는 성격이 주사야몽하게 만든다. 현실에서는 차마 말을 하지 못하고 있다가 꿈속에서나마 마음에 둔 말을 몽땅 뱉어낸 후, 후련함을 느끼는 것이다. 밤에 소리 지르거나 속말을 뱉어내느라고 낑낑대면 남편이 입을 틀어막고 흔들어 깨워도 막무가내라며 무슨 꿈을 그렇게 요란하게 꾸느냐고 핀잔이다.

남편에게는 미안하지만 주사야몽 덕에 쌓인 스트레스가 풀려 마음이 가뿐해진다. 예전처럼 신빙성 있는 예지몽은 못 꾸지만, 말 못하는 스트레스로 전전긍긍하다가 주사야몽으로 치유하고 하루를 새롭게 시작하는 것이다.(2008년)

아이들에게 배운다

사람은 죽을 때까지 배워도 부족하다고 했던가.

급변하는 시대를 살아가면서 왜소해지는 자신을 발견한다. 언젠가는 삶의 뒷전으로 밀려나지 않을까 하는 두려움도 스친다. 자신의 부족을 느낄 때마다 채우기 위해 방법을 찾는다. 브리태니커 백과사전을 뒤적이고, 인터넷 속에 들어가 허우적대기도 하며 중학교 국어문법책을 사서 공부하기도 한다.

가장 쉽게 찾는 해결방법은 세 아이다.

자료를 찾으려면 먼저 큰아이의 조언을 듣는다. 어떤 책 속에 무슨 내용이 있는지, 인터넷 어디를 뒤적여야 하는지, 꼬인 문제는 어떻게 해결하는지를 고 3인 아이를 잡고 귀찮을 정도로 묻는다.

문인회 상반기 회계보고를 작성하기 위해 많은 시간을 할애했다. 상반기 결산 내역과 입출금을 기록하고 한눈에 들어올 수 있도록 표까지 그렸다. 어쩌자고 그랬을까. 저장을 누르지 않은 상태에서 한 번도 사용하지 않았던 아이콘을 눌러 봤다. 두어 시간을 걸려 작업해 놓은 회계보고가 감쪽같이 사라졌다. 어깨가 뻐근할 정도로 몰두하여 작업했는데 백지를 보니 눈앞이 캄캄하다. 머리가 띵하고 등에 땀이 배인다. 되찾아올 수 있는 방법이 있을 것 같은데 그 길을 모른다. 안 하던 짓을 왜 해서 이 고생인가. 연달아 내지르는 괴성을 듣고 막내아이가 놀라서 서재로 달려와 묻는다. 나의 설명을 듣고 난 아이가 내 등을 토닥이며 말한다.

"엄마, 살다 보면 그럴 수도 있죠. 진정하세요. 어디 이런 일이 한두 번인가요, 엄마."

내 귀를 의심했다. 열 살배기가 내 어깨를 감싸 안으며 같은 말을 되풀이한다. 순간, 누가 어른이고 누가 아이인지 역할이 역전되었다. 어른인 엄마라는 게 부끄럽고, 어린 녀석의 기특한 위로가 효능을 발휘해 열린 뚜껑이 닫힌다.

아이의 말대로 열을 식히고 차분히 앉아서 처음부터 작업을 다시 시작한다. 두 번째 작업은 진행이 빠르다. 만족할 만하게 작업을 끝내고 '한 번 실수는 병가지상사' 라 자위하며 저장부터 누르고 인쇄를 했다.

저녁에 가족이 다 모인 자리에서 부끄럽고 못난 자신이 마음에 들지 않는다고 푸념하면서 낮에 있었던 일을 들려준다. 저마다 한마디씩 위로의 말을 던진다.

큰아이가 사라진 문서내용 찾는 법을 알려준다. 저장하지 않은 내용이 사라졌을 때는 당황하지 말고 곧바로 메뉴 편집에서 되돌리기를 클릭하거나 ctrl+Z을 누르면 사라졌던 작업내용이 뜬단다. 다른 시도를 하면 영영 사라짐을 명심하란다.

인터넷을 이용하다가도 사라진 자료를 되찾을 수 있다며 인터넷에서는 마우스 오른쪽 버튼을 눌러 메뉴가 뜨면 실행취소를 누르라고 한수 가르친다. 절대 당황하지 말라고 강조하는 것은 엄마의 조급한 성격을 지적하는 것이다.

보기에는 곰처럼 생겼는데 성격이 급하다. 할 일을 옆에 두고는 못 견디고, 무슨 일이든 해야겠다고 마음먹으면 그 누구도 말릴 수 없다는 것을 알기 때문에 가족들은 피곤하다. 그중에서 제일 피곤을 느끼는 사람은 항상 양보하거나 질 수밖에 없는 영원한 나의 동반자다. 외출할 때마다 무슨 일이 생기더라도 당황하지 말고 차분하게 대처하라고 애 타이르듯 한다. 나의 부족함을 부끄러워하지 않고 자신감을 심어줄 줄 알며 주인공으로 대접해 주는 가족이 고맙다.

아이들에게 엄마라는 존재도 모르는 것이 많고, 실수도 많으며 나약한 존재라는 것을 떳떳하게 내보이며 도움을 받는다. 첨단시대에 살아가자면 죽을 때까지 아이들에게 배워야 할 것이다. 세 아이가 성인이 되고 내가 나이 먹어도 가족의 친절이 변하지 않기를 바랄뿐이다. (2005년)

4. 참회록(懺悔錄)

사라진 보고(寶庫)

전업주부로 나앉은 지 십수 년이 넘고 보니 사물을 바라보는 안목이나 시야가 좁아져 마음까지 옹졸해져 간다.

"높이 나는 갈매기가 더 멀리 볼 수 있다."라는 R. 바크의 말을 실감하고 있다.

결혼 전까지만 해도 사적인 감정은 개의치 않고 항상 공익을 먼저 생각하고 타인을 이해와 사랑으로 바라볼 줄 알았으나 지금은 다르다. 한정된 영역과 역할을 벗어나기가 힘들다. 감정이 고갈되고 사고력의 깊이가 얕아져 감정이 풍부했던 20대를 더듬어 보지만 각인된 굵직한 사건 외는 오리무중이다.

일기장을 태우려다 지나가는 행인의 만류로 잘 보존했다가 훗날 자료로 활용한 운이 좋은 작가도 있다는데 나의 경우는 반대다.

직장생활을 하면서 기록했던 몇 권의 일기장을 상자에 넣어 보관하라고 여동생에게 준 것이 불찰이었다.

한번 만난 남자와 얼굴 익히기도 전에 결혼날짜를 잡아 놓고 고심하다 내린 결론은 일기장을 떼어 놓고 오는 일이었다. 행여 일기장 속의 내용이 빌미가 되어 불상사를 초래하지 않을까 하는 염려는 남편의 직업에 대한 과민반응이기도 했지만, 그만큼 남편의 성격을 몰랐던 이유가 더 컸다.

동생 말대로 그 내용이 회색빛으로 얼룩졌다 하더라도 20대의 내 언어와 감정이 고스란히 표출되었을 것인데…….

나의 청춘이 깡그리 사라졌다는 사실이 가슴을 짓누른다.

스물 넘어서 접했던 『불꽃처럼 사랑하고 사랑하며 죽어가리』란 전혜린의 평전은 제목만큼이나 충격적이었다. 내가 태어나기 전 시대에 서울 법대생이었던 그녀가 법 공부 삼 년 만에 도중하차하고, 독일 뮌헨으로 떠남으로써 한국 여성으로서는 최초의 독일 유학생이 되었다는 사실, 미지의 나라에서 삶을 개척하며 열정적인 삶을 살다가 31세의 아까운 나이에 요절한 천재적 지성인 전혜린!

그녀의 삶은 내 인생관에 커다란 영향을 주었다. 보통을 초월한 삶, 그것은 나의 꿈이었다. 남이 하기 꺼리는 일이나 불가하다는 일에 흥미를 느꼈고, 이상을 추구하며 사물을 관조하는 버릇은 닫힌 마음을 열게 해 주었다.

유난히 역사적 사건이 많았던 80년대는 내게도 많은 지면이 필요한 시기였다.

79년 10월 26일은 토요일이었다. 다음날 계획된 부서의 야유회에서 5,

60명과 함께할 수 있는 레크리에이션을 준비하느라고 늦도록 자지 않고 있는데, 자정 무렵 라디오 방송이 중단되고 긴장 속에서 흘러나온 속보는 청천벽력이었다.

박 대통령 서거 소식이 발표되고, 한국이 걱정되어 미국 딸에게서 수시로 걸려온 국제전화로 인해 주인집과 밤을 설쳤다. 야유회가 취소되고 다음날부터 조기를 달았으며 직원들은 검은 리본을 착용했다. 나라가 벌집 쑤신 듯했지만 비상계엄하의 국민들은 슬픔에 잠겨 74년 8·15기념식장에서 문세광의 총탄에 돌아가셨던 육영수 여사를 떠올렸다. 비운을 겪은 삼 남매에게 연민의 정이 쏟아졌다. 그분이 어떤 지도자였건 장례식 행렬을 보고 눈시울을 붉히지 않은 사람이 없었다.

장기집권이다, 유신이다 해서 말도 많고 탈도 많았지만, 시골집을 자주 찾는 우리 가족은 박 대통령의 위대한 업적에 감사하면서 고속도로를 애용하고 있다. 20년이 지난 오늘에서야 그분의 업적을 재평가한다니 개인적으론 반가운 마음이다.

대학생들의 데모가 극렬했던 80년, 서울대 2년생이던 남동생이 아침까지 돌아오지 않아 뜬눈으로 날을 새고 출근해서 보니 마포대교 앞에 바리게이트가 설치되어 있었다. 여의도 광장에 밀집했던 대학생들이 한강을 건너지 못하게 되자 한창 건설 중인 원효대교로 몰려가더니 곡예하듯 다리를 건너기 시작했다. 한강이 내려다보이는 사무실에서 그 광경을 바라보며 최루가스에 울고, 또래의 전경과 대치한 대학생들을 보며 현실의 아픔을 느껴야 했던 날의 기억.

5·18 광주사건의 공포와 버마 아웅산 테러사건의 참담했던 비극, 실

낱같은 기억을 더듬어 부모형제들을 찾고, 혈육들이 상봉하여 오열하는 장면에서 아무 연고도 없는 분들까지 날밤을 새우며 카타르시스의 도가니에서 헤어 나오지 못하게 만들었던 83년 8·15특집 이산가족 찾기 생방송, 이른 아침에 안개 속으로 사라진 KAL기 폭파사건—.

어찌 그 뿐이랴. 매일 기록했던 그날의 크고 작은 사건들, 계절과 나이에 따른 감정의 변화, 자신과의 투쟁을 일삼으며 많은 번민과 갈등으로 죽음에 이르는 병을 수없이 앓고 난 흔적, 일주일 중 금요일 하루를 밤이 없는 날로 자신과 약속해 놓고, 하얗게 날밤 새우며 지면을 메워 가던 날들.

보통 삶을 초월하고 싶은 욕구를 그런 식으로 채우며 보낸 10여 년의 세월이 물속으로 사라진 것이다.

종이 꽃병을 만들어 주려고 여덟 권의 일기장을 물속에 집어넣었다는 동생에게 핀잔 한번 주고 말았지만, 글감 소재의 보고(寶庫)나 다름없는 결혼 전까지의 일기장이 없어졌다는 사실은 내 청춘을 몽땅 잃어버린 것 같아서 마음이 허전하다.

사라진 보고에 대한 나의 미련을 눈치 챈 남편은 모두 잊어버리란다. 보나마나 자기보다 못한 과거의 남자를 생각하면 무엇 하냐며 미안해하는 처제를 감싸고돈다.

전업주부의 틀을 벗어나지 못하고 있는 지금까지, 갈매기 조나단인 양 끊임없이 높이 나는 연습에 몰두했던 20대의 미련을 떨쳐버리지 못하고 있다. 사라져버린 일기장에 연연하지 말고 다시 한번 고공비상을 꿈꾸어야겠다. (1999년)

나는 CEO

내가 운영하고 있는 회사는 제법 규모가 있다. 자회사가 11개나 되고 역사도 긴 편이다. 최고경영자(Chief Executive Officer)가 되어 수많은 시행착오를 겪으며 자리를 잡기까지 21년이 걸렸다. 그 사이 새로운 회사를 3개나 증설해 놓고 타 회사에 뒤지지 않기 위해 투자하며 새로운 콘텐츠를 찾고 블루오션을 개척하기 위해 혼신을 다하고 있다.

아침 6시가 되면 나의 일과가 시작된다. 직원들의 하루 필요 열량을 채워 각자 맡은 임무를 차질 없이 수행하도록 돕는 일이 제일 큰일이고 급선무이기도 하다.

직원들이 떠나고 나면 내 사무실은 텅 빈다. 그때부터 CEO의 업무에 들어간다. 어지럽혀진 사무실을 정리한 뒤, 커피 한잔을 들고 책상 앞에 앉는다.

일 년 삼백예순다섯 날의 일정이 짜여 있는 책상 위의 달력을 보며 한 주간의 계획을 꼼꼼히 체크한다. 직원들의 생일과 교육기관의 행사, 공식모임, 자회사 오너와 직원들의 애경사가 한눈에 들어온다. 그중에서 붉은 글씨로 크게 쓰여 있는 수익금 회수일은 보람과 기쁨을 안겨줘 제일 반갑다.

하루도 빠짐없이 업무일지를 쓰고, 회계장부도 정리하며 직원들의 애경사를 챙기고, 또 자회사가 잘 운영되고 있는지 전화로 확인하는 것도 중요한 일이다. 최고경영자의 자리를 내게 물려주고 자문역을 맡고 있는 최고령 어른에게 문안도 드리고, 자금은 잘 굴러가고 있는지, 언제 얼마쯤 수입원으로 들어올 것인지, 장기투자가 적절한지 진정한 CEO가 되어 장기계획에 뇌를 굴린다.

잠시 쉴 시간이면 찻잔을 앞에 놓고 조용히 혼자 앉아서 회상에 젖기도 한다.

어느 따뜻한 봄날이었다. 내가 그 회사의 CEO에 적격이라 하여 강력한 추천을 받고 고뇌할 시간도 없이 달포 만에 그 자리에 앉게 되었다. 맨 처음 느꼈던 회사의 첫인상은 20여 성상을 지나왔는데도 어제 일처럼 또렷하게 떠오른다.

직원들도 낯설고 환경도 적응이 되지 않아 불면의 밤을 보내며 어떻게 하면 회사를 잘 운영해 나갈까 고심했다. 다른 회사에 비해 직원들이 똑똑한 게 큰 부담이었지만, 남이 어렵다고 고개를 돌리거나 불가하다는 일에 더 호기심이 발동하는 성격을 버리지 못하고 잘해 나가려고 무던히도 안간힘을 썼다.

처음엔 아주 작은 공간에서 직원들과 함께 동거하면서 경영자 수업을 했다. 제일 먼저 절대필요로 느낀 것은 공간을 넓히는 일이었다. 직원들은 내가 현실에 만족하지 못하고 너무 욕심 부린다며 하늘만 보지 말고 땅도 보며 살자고 했지만, 한번 결심하면 꼭 뜻을 이루고야마는 고집은 아무도 꺾지 못했다.

최고경영자가 된 지 8년 만에 사무실을 두 배 이상으로 넓혔고, 대대로 내려오는 시골에 있는 낡은 회사의 건물을 새로 지었으며 불협화음이 잦던 직원들을 독립시켜 자회사를 만들었다.

백지장도 맞들어야 가볍고, 손바닥도 부딪쳐야 소리가 난다고 한쪽에서 아무리 잘해도 서로 맞지 않으면 공염불이 되고 만다. 독립시키는 일도 직원들 간의 마찰과 불협화음을 줄이는 방법 중의 하나라는 것은 몸소 체험하며 얻은 깨달음이다.

CEO는 자회사들이 자리를 잡을 때까지 도우며 관심을 가지고 애정으로 바라봐야 할 의무가 있다. 그 의무를 원활하게 수행하기 위해서는 넉넉한 자산이 필요하다. 많은 자회사들이 비빌 언덕이 되어주는 것도 큰 몫을 한다.

특별한 재주가 없는 CEO의 직원들은 삶이 고달프다. 직원들의 행복을 위해서는 후생복지정책이 잘돼야 하는데, 수입원은 한정되어 있고 지출은 많으니 이를 해결하기 위해서는 근검절약과 자린고비가 되는 수밖에 없다.

얼마 되지 않은 자산으로 직원들의 복지와 교육, 미래 설계까지 감당해내려면 끈기와 인내가 필요하다. 푼돈이 목돈을 만든다고 동전 한 닢도 헤프게 쓰지 않고 모아 종자돈을 만들어 투자했다. 남들은 고속승강기를 타고 올라가는 동안 난 꿈을 향해 한 계단씩 숨을 몰아쉬어가며 올라갔다. '천 리 길도 한 걸음부터' 라는 속담을 깊이 새기면서 우직하게 한 우물만 팠다.

천상천하 유아독존 식인 나의 옹고집으로 인해 직원들뿐만 아니라 많은 지기들이 고달팠을 것을 생각하면 미안한 마음이다. 다행히 11개의 자회사와 증설한 3개의 회사가 큰 문제없이 평온하게 잘 운영되고, 50여 명의 직원들이 무고무탈한 것이며, 자산이 몇 곱절로 늘어나 CEO로서 그 업적을 충분히 인정받았으니 그나마 미안 닦음이 됐지만, 얼마나 괴로웠을까. 끊임없이 최고를 향해, 사회의 리더, 집안의 기둥이 되라고 소몰이하듯 종용하며 닦달했으니…….

세월은 만병통치약인가 보다.

많은 시행착오와 우여곡절을 겪을 당시엔 모든 것을 뿌리치고 육탈하여 영원히 자유로운 몸이 되고 싶을 정도였는데, 언제 그런 일이 있었더냐 싶게 망각하고 때로는 초월하며 초연하게 살고 있으니 말이다.

지금까지 한자리에 붙박고 앉아 회사를 경영하면서 후회한 적은 없다. 내가 열심히 뛰고 일한 만큼의 대가가 있어 오히려 자긍심을 갖게 되었다. 앞으로 해야 할 과제가 많아 CEO에서 물러날 일은 없을 것이다.

'정직하고 성실하게 작은 일에도 최선을 다하자' 는 사훈을 실천하여 사회에 필요한 인재를 양성하고, 이 사회에서 일익을 담당하는 회사로 거듭날 수 있도록 최후까지 노력하는 당당한 CEO가 되련다.

CEO는 태어나는 것이 아니라, 만들어지는 것이다. 긴 세월이 나를 그렇게 CEO로 만들어주었다. (2007년)

판박이

스티커 그림을 백지 위에 놓고 두드려가며 구부리고 앉아서 판박이 하는 아이의 모습이 진지하다.

70년대에도 판박이는 인기였다. 그 시절의 판박이는 품질이 안 좋아 흠 없이 완성하기란 쉽지 않았다. 손바닥으로 두드리고 손톱으로 문질러 조심스럽게 떼어내도 흠집이 나서 엉성한 판박이가 되었다.

요즘 스티커는 예전 것과 다르다. 모양 그대로 흠 하나 없이 완벽한 판박이가 된다. 아이가 박아 놓은 판박이를 보니 부모님 생각이 난다.

아버지의 얼굴이 얼마 전에 돌아가신 할아버지 모습을 판에 박은 듯하다. 아버지는 팔 남매 장남의 무게에 눌려 어깨 한번 펴보지 못하고 70평생을 사셨다. 당신은 할아버지처럼 살지 않겠다고 수없이 다짐했지만 종국에는 그렇게 닮아가고 있다.

세월이 흐를수록 어머니는 돌아가신 외할머니의 모습으로, 아버지는 할아버지의 판박이가 되어가고 있어 깜짝 놀랄 때가 있다. 판박이는 한

대에서 끝나지 않는다.

어렸을 때부터 부모와 함께 살지 못한 여건 때문이었는지, 사춘기 때 만난 어머니와 갈등이 심했다. 내가 그토록 그리워하며 애타게 보고 싶던 어머니가 아니었다.

어머니는 맏딸인 내가 사용하는 단어 하나에도 촉각을 세우고 국어사전을 들이밀며 경쟁적으로 대했고, 난 어머니에게 꼭 계모 같다며 다른 어머니들처럼 자식을 위해 희생 봉사하길 원했다. 어머닌 당신의 인생도 있는데 자식들을 위해 희생할 수 없다며 기대도 하지 말라고 한국의 전통적 어머니이기를 완강히 거부했다.

항상 자식보다 당신의 인생이 먼저였던 어머니는 7, 80년대에 보기 드문 빨간 가죽가방을 들고 부안에서 전주까지 통학하며 신학교에 다녔고, 유행처럼 번지기 시작한 꽃꽂이, 요리강습, 피부미용강좌, 교양강좌를 찾아다녔다. 그 시절 흔하지 않은 자동차운전면허증까지 따서 남의 시선을 한 몸에 받으며 픽업차로 아버지 사업을 돕기도 했다.

한껏 멋을 내며 젊음을 과시하던 어머니가 여고생인 딸을 위해 학부모 회의에 참석하는 날은 인기 만점이었다. 급우들은 주름치마에 블라우스를 입고 긴 머리를 하나로 동여맨 어머니를 보고 멋쟁이 우리 언니가 왔다며 창문에 고개를 내밀고 함성을 질렀다. 어머니가 나를 위해 한 일 중 유일하게 기억되는 추억이다.

한창 어머니의 손길이 필요한 시기에 어머니는 교회 일로 집을 비우는 날이 많았다. 어머니의 빈자리를 맏이인 내가 메워야 했다. 그럴수록 어머니와 애증의 골이 깊어갔다. 절대로 어머니처럼 살지 않겠다고 곱씹으

분명 딸아이도 나를 닮지 않겠다고 곱씹고 있을 것이다.
저도 모르게 닮아가고 있다는 것을 자각하지 못하면서.

며 집 떠날 궁리만 하다가 대학 진학보다 취직을 선택해 홀로 상경했다.

서울에서 동생들과 자취하며 몇 년을 사는데도 어머니는 당신 볼 일로 상경했다 내려가는 일은 있어도 자식들을 찾지 않았다. 어머니의 그 냉철함은 우리 사 남매를 강하게 홀로 서도록 했다. 덕분에 반듯하게 자라 각자 주어진 위치에서 신임을 받으며 잘살아가고 있다.

어느 날, 문득 거울 속에서 그토록 싫어하던 모습을 보았다. 2, 30대는 몰랐는데 세월이 갈수록 어머니의 판박이가 되어가고 있다. 생각과 생활이, 사회활동이며 가정교육, 아이들에게 하는 말투까지 어머니의 생을

126

답습하고 있는 자신을 본다. 미워하면서 닮는다는 말의 실재(實在)를 보여주고 있다.

고백하건대 내가 싫어한다고 생각한 나의 어머니가 얼마나 훌륭한 분이었고 여장부였는지를 새삼 깨닫고 있다. 사리판단력이 명철하고, 예지력, 직관력이 있으며, 교육열, 학구열, 적극적인 사고방식, 원대한 꿈을 향한 도전, 70이 가까운 나이에도 꺼지지 않는 열정의 불꽃을 높이 평가한다.

세심하고, 소심하며 소극적인 여린 아버지가 당신 양에 차지 않아 지금까지 만족하지 못하며 살고 있는 게 자식으로서 안타까울 뿐이다. 자식들은 항상 강한 어머니보다 약한 아버지 편을 들어 무조건 어머니의 잘못으로 몰아붙였다. 지천명에 가까운 나이가 되어서야 그걸 깨닫다니 어머니에게 송구한 마음이다.

판박이는 계속되고 있다. 딸아이의 행동이 갈수록 내 모습이다. 금전출납부를 기록하다가 모자라는 몇 백 원의 행방을 찾는다며 고 3인 아이가 많은 시간을 허비하고, 누구로부터 싫은 소리를 듣는 걸 질색하는가 하면 소심중, 세심으로 완벽을 추구하지만 융통성이 부족하고, 온갖 깔끔을 떨어 가족과 지기들을 불편하게 하고 있다. 그나마 다행인 것은 어미와 의사소통이 잘돼 얘기하다 보면 날 새는 줄 모른다는 게 유일한 위안거리다.

분명 딸아이도 나를 닮지 않겠다고 곱씹고 있을 것이다. 저도 모르게 닮아가고 있다는 것을 자각하지 못하면서. (2005년)

참회록(懺悔錄)

　봉사도 건강할 때, 할 수 있을 때 하자는 생각을 실천하느라고 가족에게 소홀했다는 것조차 깨닫지 못했다. 주어진 일에 최선을 다했다고 하지만 그 최선 뒤에서 피해를 본 사람은 누구인가. 일에 파묻혀 지내며 각종 행사를 쫓아다니느라고 정작 관심의 대상이 되어야 할 가족은 뒷전이었다.

　바쁘게 산다는 것 자체를 행복으로 받아들이며 기쁘게 일했는데 나의 한계를 느끼기 시작했다. 조직에서 일하다 보니 알게 모르게 타인으로부터 상처받고, 스트레스를 받으니 몸이 자주 아프고, 아이들에게 짜증내는 횟수가 잦아 스스로에게 염증을 느낄 정도가 되었다.

　계기가 뭐였든지 모든 것들로부터 벗어날 수 있는 기회를 포착하여 과감하게 결단을 내렸다. 한 조직에서 탈피하여 책임과 임무로부터 벗어나자 참 자유를 느낀다. 그 어떤 조직에도 속하고 싶지 않다는 생각을 실천으로 옮겼다. 작은 조직이라도 구속처럼 느껴져 훌훌 털어버리고 나니 새장에서 벗어난 기분이다.

이 자유로움이 얼마나 좋은가. 생을 관조할 수 있는 명상의 시간과 자신을 돌아보는 시간이 길어졌다.

매사에 완벽을 추구한다며 허점투성이로 살아왔음을 자각하고, 나의 편협한 성격으로 주변 사람들이 얼마나 힘들었을까 뒤늦게나마 살아오면서 잘못한 일이 얼마나 많은지 회고하며 타임머신을 거꾸로 돌려 본다.

유년 시절, 외가에서 살 때 밥상만 들어오면 숟가락을 놓고 잔등으로 올라가 우는 통에 외할머니의 애간장을 태웠다. 외할머니가 건네주는 고기반찬을 거절하다가 밥상에 음식이 쏟아져 외할머니를 눈총받게 한 일, 부모와 떨어져 살면서 부모님의 사랑을 독차지하기 위해 동생들을 떼어 놓고 혼자만 읍내에 계신 부모님을 찾아갔던 일이며, 혼자만 칭찬받기 위해 친구나 타인의 생각은 전혀 하지 않았던 유년 시절.

부모님의 고생보다 가사를 도우며 학교 다니는 걸 불평하면서 부모님을 원망하던 사춘기, 젊은 어머니를 같은 여자로서 이해 못하고 사사건건 경쟁하고 언쟁을 일삼아 아버지 심기를 불편하게 해 드린 일.

열심히 공부해서 대학 가라는 어머니의 바람을 저버리고 취직하겠다고 우기다 할머니와 농사짓던 일, 할머니와 지내면서 깔끔 떤다고 시골 정지에서 쓸고 닦다가 할머니, 할아버지 밥상을 항상 늦게 들여 애태웠던 일.

취직하여 첫 월급받아 부모님보다 할머니한테 먼저 달려가 어머니를 속상하게 했던 일, 서울에서 직장 다닐 때 어머니의 충고를 받아들여 시골에서 함께 근무했던 동료들의 전화조차 받지 않아 상대방을 섭섭하게 만들었던 일, 도림동 셋방에서 부엌을 함께 쓰던 남편으로부터 버림받은 여인에게 나 몰래 석유곤로 썼다고 싫어했던 옹졸함, 겨우 잠만 자고 다니는데 연탄 값을 많이 부담시켰다고 전세 사는 새댁에게 불평하던 어리석음.

대학생인 남동생의 숨통을 열어주지 못하고 내 식만 고집하며 함께만 살려고 했던 우매함, 야유회비가 아까워 동참하지 않아 왕따를 자청하고 청혼했던 남자들에게 내 이상과 거리가 멀다 하여 무시하고 자존심을 상하게 했던 오만.

독신을 고집하며 부모님 애를 태웠던 노처녀의 오기, 남편의 성격을 개조하려고 괴롭히며 술, 담배를 끊게 한 고집불통, 아이들을 내 틀에 넣어 키운 독선, 내 뜻을 관철시키기 위해서 한 치도 물러서지 않는 철밥통.

좀 더 넓은 집으로 가기 위해 컵라면 하나 사 주지 않고, 들어온 선물을 생활용품으로 바꿔 쓰며 어린 아들딸의 심정을 헤아려 주지 못한 얄미운 엄마, 비가 오나 눈이 오나 애들 마중 한번 가지 않은 독한 엄마, 딸이 반장이거나 회장이거나 학교에 한번 가지 않았던 모진 엄마.

단짝 친구 가족이 찾아와서 하룻밤 묵고 가는데 그들이 사온 고기로 반찬해 줄 생각을 못하고 같은 반찬을 차려주었던 미련 곰탱이, 심방 다니다 보면 배가 불러 불편하니 아무것도 내놓지 말라는 말을 믿고 차 한 잔 없이 바나나를 얇게 썰어 놓아 포크로 집을 수 없게 했던 일을 생각하면 얼굴이 화끈거릴 정도로 부끄럽다.

이웃들이 17평 아파트에서 아이 둘 낳을 때까지 함께 사는 시동생이 남편인 줄 아는 게 싫고, 결혼할 생각도 안 하는 노총각 시동생에게 결혼하라고 성화대고, 내 모난 성격 탓에 불편했을 남편과 시어머니께 죄송하다는 생각을 오랜 시간이 흘러서야 깨닫다니 얼마나 어리석은가.

하고 싶은 일을 위해서 남편의 만류를 뿌리치고 불화하며 일곱 살배기 아이를 한 달이나 집에 혼자 두고 다니며 컴퓨터를 배우고, 문장사 공부한다고 차를 세 번씩 갈아타고 그것도 밤에 광화문까지 다니며 가족들을 불안하게 했던 황소고집, 완벽함과 결벽을 추구하며 내 방식에 맞추려고 식구들을 괴롭힌 일, 그 밖에도 알게 모르게 저질렀던 수많은 잘못이 얼마나 많았으랴.

가족에게 미안하다는 생각을 하고 있는데 마침 텔레비전에서 모 국회의원이 성희롱사건을 일으켜 문제가 되자 야당 대표가 당상에 나와 머리를 조아리며 사죄하고 있다.

가족이 둘러앉아 시국을 성토하며 한마디씩 한다. 이참에 나도 참회하는 심정이 되어 거실 가운데로 가서 남편과 삼 남매를 향해 큰절을 하며 사죄했다.

"그동안 편협한 내 성격으로 인해 가족 여러분을 피곤하게 하고 괴롭게 한 점 미안합니다. 앞으로는 가족 여러분이 편안하게 지낼 수 있도록 모난 성격을 고치도록 노력하겠으며 가정의 평화를 위해 애쓰겠습니다."

아이들이 당황하여 달려와 껴안으며 말한다.

"엄마, 갑자기 왜 이러세요. 엄마가 뭘 어쨌게요."

진심이었다. 완벽추구라는 미명하에 식구들을 볶아대고 닦달한 것이 사실이다. 이제야 깨닫다니 나이는 헛먹는 게 아닌가 보다. (2006년)

약발

오늘도 큰아들 녀석이 급하게 집을 나선다.

스쿨버스 타는 시간 3, 4분을 남겨 놓고 5분 거리를 달릴 때 눈썹이 격렬하게 춤출 것이다.

아이가 떠난 방 안이 어수선하다. 몸만 빠져나온 이부자리 위에 갈아입은 옷을 훌훌 던져 놓고, 옷걸이엔 한번 입고 벗어 놓은 옷이 켜켜이 쌓여 있다. 책상 위는 시골 두엄자리를 연상케 한다. 연필과 볼펜 몇 자루가 나뒹굴고 지우개 가루와 과자 부스러기가 책상 위에서 미끄럼을 타는가 하면 영어책과 수학문제집, 프린트된 시험지 뭉치로 너저분하다.

하루, 이틀 본 것도 아닌데 열이 뻗친다.

'누가 이기나 보자. 니가 이 버릇을 안 고치고 배기나 봐라.'

방문을 닫아버리고 나왔지만 신경은 종일 아들 방에 있다. 매번 엄마가 치우는 걸 당연하게 생각하고 있는 아들을 어찌할꼬.

오후가 되자 아들이 엄마를 부르며 들어온다. 속마음과는 달리 반갑게 맞이하며 아들 방으로 뒤따라 들어간다.

"아들, 이 방이 시방 방이여, 두엄자리여?"

"뭐가 어때서요."

"뭐여, 이 너저분한 방이 안 보인단 말여."

"귀찮게 날마다 뭐 하러 치워요. 하루 지나면 마찬가진데요."

"그럼, 이 엄마 보고 날마다 두엄을 져내라는 거야. 엄마가 항상 젊은 줄 아나 보네. 어디 힘들고 귀찮아서 엄마 노릇 해 먹겠냐. 사표를 쓰던지 해야지 원."

"엄마, 제발 그 말씀만은……." (2005년)

창공을 비상하는 학을 보다

복희는 막내 삼촌과 동갑내기다. 한 집안에서 시어머니와 며느리가 아기를 낳아 대문에 금줄이 연속으로 걸렸다. 빨간 고추와 숯을 넣은 금줄이 먼저 걸렸고, 한 달 후에는 숯과 솔가지를 넣은 금줄이 릴레이하듯 걸리는 바람에 복희네 우물물을 길어다 쓰는 남례엄마는 먼 길을 돌아 동네 우물을 길어다 먹느라고 신새벽부터 부지런을 떨었다.

열 명이 넘는 대가족과 아기 뒤치다꺼리에 힘이 부친 복희엄마는 두 돌이 지난 복희를 외할머니댁으로 보낸 뒤, 2년 터울로 또 딸을 낳았다. 딸딸이 엄마가 된 복희엄마는 누가 뭐라고 하지 않았는데도 주눅이 든 사람처럼 행동했다.

새벽부터 일어나 세 개나 되는 아궁이의 재를 담아내고, 많은 식구들의 세 끼의 밥을 해내고, 때에 찌든 빨래를 해내느라고 쉼 없이 일했다. 농사철이 되면 일꾼들의 뒤치다꺼리를 하느라고 더 바빠 늘 종종걸음을 쳐야 했다.

　어느 날, 복희엄마는 매일 반복되는 가사노동에 지쳐 별채에서 잠깐 눈을 붙였다가 꿈을 꾸었다. 눈부시게 새하얀 학이 창공을 힘차게 비상하는 꿈은 현실처럼 생생했다. 그처럼 신기한 꿈은 처음이었다. 예사롭지 않은 꿈이라는 것을 느꼈지만 내색하지 않고 예전과 변함없이 집안일을 했다.

　가족들은 복희엄마의 배가 불러올 때까지 셋째를 가진 것조차 몰랐다. 복희엄마는 우물가에 쪼그리고 앉아 빨래를 하거나 부엌에서 일하다가 태동을 느낄 때마다 "이 가시내가 가만히 있지 못하고 방정을 떠냐." 며 움직이는 뱃속의 태아를 주먹으로 쥐어박았다. 또 딸일 것이라며 구박받고 태어난 아기가 복희의 둘째동생인 복남이다.

　복남이는 어려서부터 성격이 까다롭고 급한 데다 서너 살까지 말을 하지 못해 복희엄마가 뱃속에 있을 때 구박한 것을 자책하며 염려를 많이 했다. 네 살 된 복남이가 말은 못하면서 말썽을 많이 피웠다. 복희엄마가 얄미운 마음에 복남이의 머리를 쥐어박자 몹시 아팠던지 말문이 터졌다. 첫 마디가 욕이었다. 복희할머니는 인근에서 인심 좋기로도 유명하지만 욕도 잘해서 욕쟁이로 통했다. 복남이가 그 영향을 받아 욕부터 배웠다.

　그런 중에도 장손이라고 아기 때부터 복희나 복영이와 다른 대접을 받았다. 할아버지나 할머니 품에서 벗어난 적이 없고, 좋은 것이나 맛있는 것은 모두 복남이 차지가 되었으며 가족 중 유일하게 흰쌀밥을 먹으며 할아버지와 겸상을 했다.

　복희엄마와 아빠가 읍내로 떠난 뒤에도 복남이는 변함없이 삼촌들을 제치고 할머니 품안에서 귀공자 대우를 받았다. 막내삼촌을 따라 앞산과 뒷산을 헤집고 다니며 놀았고, 틈만 나면 연날리기를 하고 자치기와 제기차기, 딱지치기, 개구리잡기, 미꾸라지, 우렁 등을 잡으며 개구쟁이노릇을 했다.

복남이는 할머니, 할아버지의 사랑을 독차지하기 때문인지 복희나 복영이처럼 엄마나 아빠를 보고 싶다거나 엄마, 아빠가 계시는 읍내에 가고 싶다는 말을 전혀 하지 않았다.

초등학교 2학년까지 책과는 담을 쌓고 자연을 벗 삼아 마음껏 뛰놀며 지내다가 복희엄마의 손에 이끌려 읍내로 전학을 갔다. 따라가지 않으려고 할머니의 치맛자락을 붙잡고 떼를 쓰며 울고불고 하다가 송아지처럼 끌려갔다.

복남이는 읍내로 전학간 뒤에도 밥상만 들어오면 할머니를 부르며 울었다. 복희는 외가에서 살 때, 부모님이 보고 싶어 밥상만 들어오면 뒷동산에 올라가 울던 기억이 떠올라 복남이를 안쓰럽게 생각했다.

목메게 할머니만 찾던 복남이가 3학년이 되면서 달라지기 시작했다. 공부에 취미를 붙였다. 복희엄마의 열성과 복남이 노력의 합작품은 우등생이란 결과물을 낳았다.

복희엄마는 신이 나서 치맛바람을 날리고 복남이는 막내 복길이와 함께 나란히 온갖 대회에 참가하여 상을 휩쓸었다.

복희엄마는 복남이의 이름을 작명가한테 새로 지어 바꾸었다. 원래 복남이의 이름은 우준이로 할아버지가 지었지만, 바꾼 이름이 좋아 장차 꼭 성공할 것이라고 장담하며, 복남이가 이름을 떨치지 못하면 손에 장을 지지겠다고 한 작명가의 말을 복희엄마는 신앙처럼 굳게 믿었다. 그 말을 뒷받침이라도 하듯 복남이는 시험을 보거나 무슨 대회만 나가면 메달과 상을 받아오고, 6학년 때는 과학자가 되어서 우주선을 타고 달나라에 가겠다고 발표하여 급우들의 박수갈채를 받기도 했다.

중학교 3년을 등록금 한번 내지 않고 특대생으로 다녔던 복남이는 기대했던 대로 승승장구했다. 전주고등학교에서 우등생으로 졸업하고, 서울대학교에 합격하면서 작명가 말대로 고을에서 이름을 날렸다.

대학에 다니면서 ROTC 교육을 받고, 학사장교로 입대하여 특전사를 거쳐 육사에서 교관으로 있다가 중위로 제대하며 탄 적금으로 유학준비를 했다. 미국 펜실베니아 주립대학에서 장학금을 받고 조교생활을 하면서 공부하여 박사학위를 받았다. 우리나라 최초 순수이론물리학 박사 1호가 된 것이다.

누구의 도움도 받지 않고 제 실력으로 국립대 교수가 된 것을 보고, 복희엄마는 작명가의 혜안에 감탄했다. 교환교수로 캐나다에서 살기도 한 복남이는 복희엄마의 태몽처럼 방학만 되면 하늘을 비상한다. 국제학술발표를 위해 일 년에 두 번 이상 비행기를 타고 지구촌을 돈다. 미국, 캐나다, 러시아, 일본, 중국, 이탈리아, 독일 등으로.

태몽한 대로 살고 있는 것일까, 태몽에 맞춰 살아가게 된 것일까. '믿음대로 이뤄진다.' 는 진리의 실체를 보여준 것일까. 예언효과가 100% 작용한 것이거나 나다니엘 호손의 「큰 바위의 얼굴」처럼 복희엄마의 믿음에 대한 열정이 시너지효과로 나타났는지도 모른다.

복희가 옆에서 지켜본 복남이는 끊임없이 노력하는 학구파였다. 손에

책이 없으면 못 견뎌 할 정도였고, 동양철학과 사서삼경 같은 고전을 끼고 살면서 자신의 성정을 다스려 나갔다. 만약 복남이가 자기감정을 다스리지 못했다면 유년의 성격이 남아 있었을지도 모른다. 다행히 복남이는 열악한 가정환경을 극복하기 위해 찾은 돌파구가 공부였고, 결국 공부로 성공한 것이다.(2005년)

원고료

오랜만에 통장정리를 했다. 자동이체와 카드를 이용한 내역을 체크하
는데 영문 모를 돈이 입금되었다. 30여 만 원이면 적지 않은 돈이다. 돈
을 보내온 단체를 보니 마침 콩트를 싣고 원고료를 받았던 곳이다.

15만 원에서 세금을 떼고 부쳐온 적이 있는 곳이어서 홍보담당자에게
전화를 했다. 그때까지 원고료가 잘못 전달된 것을 모르고 있었다. 덕분
에 또 원고청탁을 받았다. 잘못 들어온 원고료를 되돌려 보내면서, 한 달
에 한두 건이라도 원고료를 받을 수 있는 작가라면 당당하겠다는 생각을
해 본다.

작년엔 그런대로 수입이 있었다. 옛 직장에서 청탁이 들어와 세 편의
글이 월간 사보에 게재되었고, 남편의 직장과 모 사보에 실린 여섯 편에
대한 원고료는 세금까지 공제하고 받은 돈이라 당당하고 글 쓰는 사람으
로서 자부심을 갖게 해 주었다.

원고료 받았다고 시어머니께 용돈을 드리니 쌀값으로 계산하며 팔십

만 원이 넘으면 일 년 농사지은 것이나 다름없다고 대견해하신다. 친정 부모님과 가족에게 선심을 쓰고, 사회단체와 작은 모임에 찬조금을 내고 났더니 들어온 돈보다 나간 돈이 더 많았다. 그래도 행복했다.

등단하기 전에 어느 회사의 사외보에 글을 보내곤 했다. 내 글에 대한 객관적인 평가를 받고 싶어서였지만, 원고료도 짭짤하고 수많은 응모작에서 채택이 되면 주부로서 느끼는 성취감이 생활에 활력소가 되었다. 응모한 여섯 편 중에서 다섯 편이 채택되어 5, 6만 원씩 기십만 원의 원고료가 통장으로 들어왔다.

내게 많은 정보를 제공했던 이웃 엄마는 원고료 받는 잔재미에 정작 문학의 꿈을 접어버릴까 봐 염려했지만, 나의 글밭이 되어준 그 사외보를 통해 자신감을 얻었다.

동생들과 자취하면서 습작한다며 밤늦게까지 끍적거리고 있는데, 다락에서 공부하던 남동생이 글은 아무나 쓰는 줄 아느냐며 빈정거렸다. 대학 나온 여동생과 명문대생인 남동생에게 열등감을 갖고 있던 시기였다. 자존심이 구겨지고 오기가 발동했다. 문학에 대한 불씨에 기름을 부은 격이었다. 읽고 쓰는 연습에 몰두하며 안간힘을 썼다.

그 당시 직장에서 받은 첫 원고료는 세금을 공제하고 4,950원, 대학 전문서적 원서 1권 값 정도였다. 남동생에게 고스란히 갖다주었다. 그 뒤로 월간 사보에 수필이 게재될 때마다 원고료를 받아, 과원들에게 100원짜리 자판기 커피나 아이스크림 하나씩 돌리고 나머진 동생의 책값으로 나갔다. 원고료가 올라 원서 두세 권 값이 되어 적잖은 힘이 되었다.

대학을 졸업하고 학사장교로 임관했던 동생은 장문의 편지로 나의 열등감과 자격지심을 없애주었다. 상처받았던 자존심이 말끔히 치유되었다.

자존심이 상할 만큼의 자극은 불가사의한 힘을 발휘하게 만든다. 글 쓰는 일을 시답지 않게 생각했던 남편의 시각이 달라지기 시작한 것은 공모에 입선하는 횟수가 잦아지고, 원고료가 통장으로 들어오면서부터다. 경제적인 것보다 문학에 대한 꿈을 실현할 수 있다는 가능성을 인정해 준 것이다. 커피를 타다주며 한마디씩 던지는 격려가 큰 힘이 된다.

작가라면 원고료를 받고 글을 써야 하는데, 대부분은 글을 써주고도 고맙다며 자기 작품이 실린 잡지를 정기구독하거나 사서 보아야 하는 열악한 문단 현실이 마음 아프다.

원고료 없는 청탁이 들어오곤 하는데 주춤하게 된다. 작품을 여기저기에 뿌릴 능력도 자신감도 없지만, 잘못하면 고가의 책을 떠안게 될까 봐 부담스럽다. 원고청탁을 정중히 거절하는 마음이 편하지는 않지만 냉정을 찾는다. 한 가닥 남은 자존심을 지키기 위해서.(2002년)

5. 바라만 보아도 눈물이 난다

고향집

양가 어른을 뵙기 위해 정기적으로 고향에 간다.

일상에서 벗어나 서해안 고속도로를 달리며 막내아이와 끝말잇기를 하거나 동식물이름대기, 나라이름대기를 하다 보면 지루한 줄 모른다. 끝없이 펼쳐진 초록 들판을 지나고 만경강과 동진강이 나오면 고향에 다 왔다는 안도감에 마음이 편안해진다. 똑같은 길을 달리는데도 매번 다른 풍경이다. 황량한 들판에 모내기가 끝나면 연두색 잔디로 변하고, 다음 달에 가면 색깔이 진초록빛이다. 초록 물감을 뿌린다 해도 그 같은 색을 낼 수는 없으리라.

도톰하게 살찐 벼 포기가 바닷가에서 불어오는 바람에 춤을 춘다. 차 창을 활짝 열어 놓고 초록 바람을 마음껏 마신다. 도심에 찌든 마음이 초록으로 변하고, 정신없이 지나온 시간은 초록색 저편으로 밀려난다. 그 동안 생각과 말과 행동으로 얼룩진 잘못을 돌이켜 보며 초록 세계에서 잠시 초록인이 되어 마음을 정화시킨다.

들판을 지나 양 길가의 아름드리 메타세쿼이아가 반기는 상서 소재지에 들어서면 골골 창창한 변산 자락 사이로 뭉게구름이 피어오르고, 산 등성이 황토밭에는 땅콩과 감자, 파, 양배추가 넘실댄다.

도심에서는 일자리가 없다고 노숙자들이 늘고 있는데, 시골에서는 현금으로 일당을 주는데도 일손이 모자라 애를 태운다. 움직일 수 있는 기력만 있으면 밭에 나가 품앗이라도 해야 한다. 여든에 가까운 시어머니도 친척들의 바쁜 일손을 모른 척할 수 없어, 만류하는 자식들 몰래 가서 감자를 캐거나 고추 따는 일을 돕는다.

고향집이 가까워지면 눈에 익은 전경이 펼쳐진다. 수렁이던 마을 어귀가 아스팔트길로 바뀌어 자동차와 농기계가 자유로 드나들고, 변산 자락을 마주 보고 있는 마을이 몇 년 사이 양옥으로 바뀌었으며 확장된 농로가 시멘트길로 변했다. 아쉽게도 운치 있던 소나무 숲이 자취를 감추고 그 자리에 인삼 재배단지가 들어섰다.

대대로 변산의 정기를 받아오고 있는 마을 상립석리는 너나 할 것 없이 모두 잘사는 편이다. 객지에 사는 자식들도 잘되어 몇 천만 원 하는 마을회관과 시정을 십시일반하여 문제없이 지었다.

고향집에 갈 때마다 회관에 누가 뭘 사가지고 다녀갔는지 속속들이 알 수 있다. 객지에 사는 자식들이 효도 경쟁이라도 하듯 한다. 그만큼 어르신들의 기가 살고 건강을 유지하는 원천이 된다. 젊은이는 찾아볼 수 없지만 행복한 어르신이 많은 동네다.

마을 초입에 위치한 시댁은 앞이 탁 트여 변산 줄기가 한눈에 들어온다. 비올 무렵이나 일몰 때 펼쳐지는 풍광은 누구도 흉내낼 수 없는 한

대문 입구에는 토란 잎이 물보석을 안고 하늘을 향해 있고, 무궁화 울타리로 둘러싸인 앞마당 구석엔 아름드리 대추나무와 잣나무, 감나무가 나란히 서 있다.

폭의 명화다. 맑은 공기를 마시며 산봉우리에 걸쳐 있는 보랏빛 석양을 감상한다. 매번 감상하고 음미하는데도 싫증이 나지 않는다.

텃논 옆이면서 대문 앞의 작은 공터는 두 평 남짓하지만 농사가 잘된다. 두엄자리처럼 쓰는 땅이 기름져서 고추나 생강, 토란이 잘 자란다. 그곳에는 수년 전, 아파트에 살면서 먹고 난 씨를 화분에 묻었다가 얻은 자두나무 두 그루가 팔뚝보다 굵게 자라고 있다.

대문 안으로 들어가면 마당 잔디밭을 뒤덮고 있는 호박넝쿨이 장관을 이룬다. 시댁에서만 볼 수 있는 풍경이다. 대문 입구에는 토란 잎이 물보

146

석을 안고 하늘을 향해 있고, 무궁화 울타리로 둘러싸인 앞마당 구석엔 아름드리 대추나무와 잣나무, 감나무가 나란히 서 있다.

모퉁이 장독대 옆에는 채송화, 구절초, 작약, 족두리 꽃이 옹기종기 모여 사이좋게 지내고, 아파트 베란다에서는 비실거리던 넝쿨장미가 시골에선 제 세상 만난 듯 담을 타고 쭉쭉 뻗어가고 있다.

뒤뜰에는 송편과 개떡을 해 먹으면 향기가 쑥보다 좋은 모시 잎이 너울거리고, 십 년 넘게 자라고 있는 도라지가 흰색과 보라색의 꽃대를 자랑하며 한껏 뽐내고 있다. 그 옆엔 홍시감나무와 무화과나무가 하늘 높은 줄 모르고 우뚝 서 있다.

어머니는 마당 둘레의 잔디를 캐내고 마늘과 콩, 팥, 녹두, 옥수수를 심으셨다. 집안의 마당이 텃밭으로 변하여 봄에는 보리와 밀이 넘실대고, 온갖 채소가 풍성하게 자라 먹을거리를 대주며 어머니의 손재주에 의해 계절 따라 변하고 있는 고향집.

들판에서 불어오는 초록 바람, 사방에서 지저귀는 새소리, 개구리 소리, 풀벌레 소리─ 고향집엔 아직도 낭만이 존재한다.

유년에 보았던 그 별들은 변함없이 밤하늘을 총총하게 수놓고, 건강하신 어머니와 함께하는 고향집은 피폐해지고 있는 우리의 정신을 초록의 넉넉함으로 살찌운다.(2004년)

되로 주고 말로 받다

어느 해보다도 열심히 살았던 한 해였다.

새 아파트로 입주한 것도 가정사로서는 기록할만한 사건이었지만, 동수필집 『복희 이야기』를 경기도 문화재단에서 지원금을 받아 출간한 것과 동시에 퓨전집 『애증의 강』을 출간한 것도, 『애증의 강』을 읽은 독자가 찾아와 자서전을 부탁한 일도 획기적인 사건으로 작가로서 자긍심을 갖도록 해 줬다.

재미교포인 독자와 상담하고 계약서를 쓰기까지 일주일이 걸렸다. 막상 계약하고 나니 제대로 소화해낼 수 있을까 불안했다. 새로운 일에 대한 불안감과 자신감이 오락가락했다. 자서전을 잘 마무리한다면 수입원을 마련할 수 있는 계기가 되리라 자신을 독려하며 작업 준비에 들어갔다.

5월부터 시작한 대필을 11월에 마치기로 하고 계약자와 면담을 시작했다. 계약자가 날마다 우리 집으로 찾아와 자서전에 필요한 자료인 애기를 들려줬다. 똑같은 얘기를 수없이 반복하여 들었더니 어떻게 써야 할 것인지 윤곽이 잡히기 시작했다. 소재와 주제를 메모하면서 필요하면 무조건 글로 써오라고 숙제를 주었다.

되풀이되는 일상사를 기록한 것에 불과했지만 일기는 좋은 자료가 되었다. 몇 권의 일기장을 몇 번씩 탐독하며 궁금하거나 이해가 되지 않은 부분은 면담을 통해 해결했다.

마침 남편이 지방출장 중이어서 세 아이가 등교하고 나면 집안일을 해놓고 밤낮없이 대필에 매달릴 수 있었다. 일한다는 행복감에 젖어 시간가는 줄 몰랐다.

계약자의 일생을 순차적으로 정리하여 50여 편의 목록을 만든 다음 퇴고에 들어갔다. 수없이 반복된 퇴고를 거쳐 탈고하기까지 얼마나 많이 읽고 또 읽었는지 나중에는 글 대하는 것조차 싫어 타인의 도움을 받았다. 객관적으로 공감하고 이해가 가는지 체크해 달라고 지기 두어 명에게 부탁했다.

한 권 분량의 초고를 미국으로 발송해 놓고 시골에 갔을 때, 시어머니가 무척 대견해하며 동네 분들에게 자랑하셨다. 한우를 수십 마리 키우는 친척에게 물으셨다.

"자네 일 년 내내 소 키우면 얼마나 버는가. 우리 가는 몇 천만 원 받고 글을 쓴다는디 우리 아만큼 버는가?"

아들 혼자 힘들게 벌지 않고 며느리도 함께 돈벌이한다는 것이 어머니에게는 더 큰 힘이 되고 의미가 있는 듯했다.

미국에서 초고가 되돌아오고, 2교, 3교, 퇴고를 거듭하여 탈고할 때까지내 모습을 제대로 보지 못했다.

어느 날, 미장원에 갔더니 미용사가 몇 개월 사이 머리카락이 하얗게 셌다며 깜짝 놀랐다. 그제야 머릿속을 들춰봤다. 반백이 되어 있었다.

『화요일에는 사랑을』이란 자서전이 계획대로 출간되어 전국 서점에 배포되기까지 미국에서 전화가 수없이 왔다. 한 시간 가량의 긴 통화는 전화에 대한 스트레스로 작용했고, 팔 힘이 빠져 올라가지 않을 정도였지만 다행히 마무리가 잘되어 약속한 큰돈이 통장으로 입금되었다.

글로써 수입원을 만들었다는 자부심과 성취감은 7개월 동안 시간과 싸우며 했던 고생을 한순간에 사라지게 했다. 새 돈으로 50만 원을 찾아 시어머니께 내밀었다.

"이 돈 쪼까 번다고 얼매나 고생했냐, 나도 너에게 줄 것이 있다."

어머니가 내 등을 토닥이며 봉투 하나를 내미셨다. 봉투 속에는 내가 드린 것보다 두 배나 많은 액수의 수표가 들어 있었다. 어머니는 또 그렇게 나를 감동시켰다. 아직 가지 않은 손녀의 대학 등록금에 보태라는 명분을 앞세우신다. 되로 드리고 말로 받아 아이의 통장에 넣어주었다.

나는 어머니께 자랑거리를 드렸을 뿐이다. 배움 없고, 시골 농투성이로 살아오신 80에 가까운 어머니지만 어머니의 지혜를 따라잡을 수가 없다. 늘 감동하며 어머니에게 배우고 있다. 훗날 내 며느리를 생각하며.

(2005년)

바라만 보아도 눈물이 난다

여든이 다되신 어머니가 40kg의 쌀가마니를 거실에서 현관 밖으로 굴려 내리신다. 쉰 넘은 아들이 져 나르는 게 안타까워 한 발자국이라도 덜 힘들게 하려는 어머니의 마음이다.

가슴이 뭉클해 온다.

어쩌면 어머니가 오로지 자식만을 위해 헌신하는 우리 시대 마지막 어머니상일지도 모른다는 생각이 스친다. 어머니와 한 세대 차이가 나지만 자식을 위해 어머니처럼 할 자신이 없다.

집에서 출발할 때, 떠난다고 전화드리면 우리가 도착할 때까지 대문 앞에 쪼그리고 앉아서 기다리다 당신 계산에서 조금이라도 늦으면 무슨 일이 생겼나 해서 핸드폰으로 전화하신다. 긴 핸드폰 번호를 외우는데 한참 걸렸다며 떠듬떠듬 번호를 대기에 잘하셨다고 박수쳐 드렸더니 기분이 좋아 의기양양해하는 어머니의 모습이 천진한 어린아이 같다.

매달 넷째 주 토요일은 시골 가는 날이다.

양가 어른을 바라만 보아도 눈물이 난다. 노을 속으로 사라지는 해를 보는 것 같아서, 언젠가는 보고 싶어도 만날 수 없기에, 함께할 수 있는 시간이 많지 않다는 생각에 미치면 목이 멘다.

양가 어른들이 제일 기다리는 날, 그분들을 위해 저축하는 마음으로 시골행을 서두른다. 어머니는 당신 연세 드신 것은 생각 안 하고 아들이 벌써 쉰 넘었다고 가슴 아파한다.

인삼밭에서 주워온 인삼 이삭을 잘 손질해 두었다가 아들이 시골에 갈 때마다 시간 맞춰 인삼과 대추를 푹 고아 놓고, 대문 앞에서 기다리다 아들 차가 보이면 만면에 함박웃음을 가득 물고 반기신다. 오로지 아들을 위해 사는 어머니, 덩달아 며느리까지 사랑받으며 살고 있다.

어머니 모시고 외식하거나 여행이라도 갈라치면 딸자식도 자식이라며 친정부모인 사돈을 먼저 챙겨 동행하도록 한다. 양가 어른 세 분을 모시고 다니면 흐뭇함에 포만감을 느낀다.

사돈끼리 남매처럼 다정하다. 친정아버지가 사위 자랑하면 시어머니도 딸자식 잘 키워줘서 저렇게 잘하고 산다며 고맙다고 장단을 맞춘다. 서로 감사하며 위하는 모습을 보면 눈물겹다.

남편과 눈을 맞춘다. 우리가 언제까지 부모님을 챙겨드릴 수 있을지 기약할 수 없지만, 하는 날까지 최선을 다하자고 손을 굳게 잡는다.

친정어머니는 노상 말씀하신다.

"너희들이 잘살 때쯤이면 우리는 너희 곁에 없을 것이다."

생활이 여유롭지 않더라도 부모에게 잘하라는 일침이다.

매사에 부모님을 챙겨야 하는 종가의 맏며느리요, 친정 쪽의 맏이라는 위치가 부담스럽고 짐이 무거워 밤잠을 설칠 때가 있었다. 몇 날 며칠을 끙끙대도 해결의 실마리를 찾지 못하고, 현실을 비껴갈 수 없다는 결론에 도달하면서 생각을 바꾸는 연습에 들어갔다. 마음을 비우고 또 비우며 긍정적인 생각으로 빈 마음을 채워가기 시작했더니 버거운 짐이 가벼워지는 느낌이었다.

어차피 내가 할 일이라면 기분 좋게 하자. 기쁜 마음으로 받아들이자. 생각이 바뀌니 삶에 변화가 왔다. 기피하고 싶었던 주변이 사랑으로, 기쁨으로 다가오고 만사가 순조롭게 형통되었다.

동생들과 자취하며 어렵게 살던 시절에 누군가에게 도움을 받았던 것처럼, 나도 누군가에게 도움이 되는 삶을 살아야겠다는 나만의 철칙을 세워 놓고 실천하려고 애쓴다.

가까이 내 부모형제, 이웃을 생각한다. 부모자식으로 만난 소중한 인연을 세태가 바뀌었다고 소홀히 할 수는 없지 않은가.

양가 어른을 바라만 보아도 눈물이 난다. 노을 속으로 사라지는 해를 보는 것 같아서, 언젠가는 보고 싶어도 만날 수 없기에, 함께할 수 있는 시간이 많지 않다는 생각에 미치면 목이 멘다. 자식들과 맛있는 음식을 먹거나 좋은 것을 보면 연로하신 양가 부모님이 생각난다.

이제야 철이 드는 모양이다.(2005년)

문서 없는 종

　우리나라의 저출산율과 고령화가 사회문제로 대두되고, 더 나가서는 노동인구의 감소로 저출산 세대가 안고 가야 할 책임까지 운운하며 나라의 미래를 걱정하고 있다. 저출산과 고령화 사회가 세계적인 흐름이라지만 우리나라의 경우는 그 현상이 급격하게 나타나고 있어 심각성이 우려된다.

　경제력과 생활수준의 향상으로 독신주의자가 늘고, 결혼을 하더라도 아이는 낳지 않겠다는 세대가 늘고 있음은 맞벌이 부부의 증가, 육아의 고충, 늘어나는 사교육비 등도 한몫을 하고 있지만, 무엇보다도 젊은 세대들의 인생관, 가치관이 우리 부모 세대와 다름에서 찾을 수 있다.

　전 세대에서는 결혼 전에 아기를 낳으면 죄인 취급을 받아 얼굴을 들 수 없을 뿐더러 가문에 먹칠한다 해서 박대받기도 했는데, 요즘은 결혼 전에 아이 낳아오는 게 가장 큰 혼수라며 두 손을 들고 환대한다니 이것도 격세지감이라 해야 할 것인지.

노인들만 남은 농촌에서는 지금도 자식 주려고 애써 지은 농산물을 철 철이 실어 나른다. 가을철만 되면 차 트렁크가 가라앉을 정도로 부모님의 사랑을 실어 나르는 걸 보면서 자식을 위해 희생하고 봉사하는 것도 와인세대로 끝날 것이라는 생각이 가시지 않는다.

누구보다도 우리 시어머니를 보면 변함없는 자식 사랑에 가슴이 뭉클해진다.

자식을 위해서라면 당신의 고달픔이나 귀찮음은 안중에도 없다. 아무리 춥거나 더워도 헛솥에 소머리를 고아내고, 주꾸미를 다듬고, 홍어회를 무치며 맛난 음식 하나라도 더 해 먹이려고 퇴행성관절로 절뚝거리면서도 동분서주하신다. 덕분에 김이 모락모락나는 인절미를 어머니가 손수 만든 조청에 발라먹으며 어머니의 정을 맛보기도 한다.

텃밭에 심은 배추와 무, 파에 약 하나 치지 않고 농사지어 품앗이로 김장해서 아들, 딸, 형제들까지 챙겨 택배로 보내주시는 어머니는 이팔청춘에 결혼하여 80이 가까운 지금까지 자식 사랑이 한결같다.

동네 분들 대부분이 어머니와 같은 삶을 살고 있지만 우리 시어머니의 자식 사랑은 유별나다. 초하루, 보름이면 성주상 차려 놓고 두 손 모아 합장하시고, 들 삼재니 날 삼재니 하며 당신 방법대로 지킬 것은 지키며 지성으로 아들의 무고를 기원하신다. 우리는 가족이 모두 무병하고 무고한 게 어머니의 정성어린 기도라 믿는다.

자식은 낳는 순간부터 주는 사랑만 하게 된다. 요람에서 무덤까지 자식을 위해 애프터서비스를 해 줘야 하는 게 요즘의 세태다. 그러다 보니 무자식이 상팔자라고 한 옛말이 틀리지 않다고 한탄하는 분들도 있다.

건강하게 요만큼만 키우면 되겠지, 이정도만 가르치면 끝나겠지, 결혼했으니 안심해도 되겠지, 손자손녀 학교 갈 때까지만 돌봐주면 되겠지…… 하지만 애프터서비스의 영역은 끝이 없다.

우리는 부모를 '평생을 보장해 주는 애프터서비스업' 이라 하는데, 우리 윗 세대인 어머니 세대에서는 '문서 없는 종' 이라고 표현한다. 그 말에 공감이 간다. 그처럼 어울리는 표현이 또 있을까.

문서 없는 종!

종의 기원은 언제부터였을까. 우리나라 노비의 역사는 상고시대로 거슬러 올라갈 만큼 오래되었다. '도둑질한 자는 그 집의 노비로 삼는다.'고 규정한 고조선(古朝鮮)의 8조 금법(禁法)을 보더라도 노비의 존재는 훨씬 이전부터 있어오지 않았을까. 원시시대 공동체가 무너지면서 질서유지를 위해 범죄를 저지른 죄인에게 죄값을 치르도록 벌을 주는 형태로 시작된 게 종의 기원이었음을 유추할 수 있다.

이 지구상의 모든 생명체는 종족보존이라는 운명을 짊어지고 역사를 이어왔다. 우리 인간도 예외일 수는 없다. 자식을 위한 헌신이 필요했던 이유도 종족보존이었을 게다. 자식을 낳아 잘 자라도록 위험요소로부터 보호하고, 병들어 죽지 않도록 하기 위해 얼마나 많은 지성을 들였을까. 다음 대를 이어가도록 그 부모가 쏟아야 했을 자식 사랑, 그 질긴 사랑이 면면이 이어와 '문서 없는 종' 의 유래를 낳았는지도 모른다.

젊어서는 딸네 집에 가서 애들 키워주고 진이 다 빠진 뒤에 자식 집으로 돌아와 푸대접받는 시어머니를 많이 본다. 효용가치가 떨어진 부모는 갈 곳이 없다. 자식 있는 인생이나 없는 인생이나, 돈 있는 인생이나 없는 인생이나 매한가지인 나이가 되면 산다고 할 수 있을까.

문서 없는 종이든, 평생을 보장해 주는 애프터서비스 업이든 앞으로는 부모마저 불필요하다고 외치지나 않을는지 두려울 뿐이다. (2006년)

어머니의 베틀가

어느 날부터인가 우리 집에 금기 하나가 생겼다. 이른 아침이나 밤 9시 이후에는 전화를 하지도 않고, 오는 것도 달가워하지 않다 보니 자연스 럽게 그리되었다.

연로하신 양가 어른이 시골에 계시다 보니 이른 아침이나 밤에 울리는 전화벨 소리에 놀라곤 한다. 안 좋은 소식은 대부분 그 시간대에 듣게 되어 심장이 두근거리는 병이 생겼다. 그걸 알고 시어머니는 아무리 급한 용무라도 놀랄까 봐 이른 시간이나 늦은 시간엔 전화를 하지 않으신다.

고혈압에 콜레스테롤 수치가 높아 가끔씩 어지럼증과 구토증 때문에 고생하는 어머니는 한동네에 살던 지기들이 하나, 둘 세상 떠나면 그 병세가 심하게 나타나 며칠씩 앓아누우신다.

올봄만 해도 서너 분이 다시는 돌아오지 못할 곳으로 떠났다. 어머니는 젊은 조카와 절친한 벗인 동갑내기 고모가 갑자기 떠난 것을 보고 충격을 받아 몸져누우셨다.

어머니가 지기들을 잃은 상실감으로 힘없이 누워 계시는 걸 지켜보자니 마음이 짠하고 안쓰럽다. 당신 입으로 죽기 싫다며 속내를 보여주신 것은 처음 있는 일이다. 이렇게 좋은 세상을 두고 어떻게 죽느냐고, 고등학생인 큰손자가 결혼해서 잘사는 것을 보고 싶다며, 살만큼 살았으니 죽어도 여한이 없다던 이전의 말씀과는 달리 삶에 애착을 보이신다. 가슴이 미어지는 아픔을 느낀다. 어머니 귀는 부처님 닮아서 오래 사실 것이니 힘내라고 위로해 드리지만 얼마나 위안이 될까.

어머니의 기를 돋우는 일은 어머니의 노래를 듣는 일이다. 기운이 없다가도 노래 가사가 좋으니 한번 불러 보시라 하면 얼굴에 생기가 돈다. 어떻게 그 긴 가사를 다 외우는지 신기하여 비디오 녹화기를 켰더니 벌떡 일어나서 베개를 두드리면서 노래를 시작하신다. 머리가 허연 아들이 옆에 앉아 무릎을 치며 '얼쑤' 하고 후렴구를 넣으니 금세 신명난 굿판이 된다.

어머니의 베틀가는 문화재감이다. 어깨 너머로 배웠다는 사투리 섞인 가사가 절절하다. 베틀가는 어머니의 삶이나 다름없다. 열여덟 살에 시집와서 보니 산지기 오두막집에서 다섯 식구가 헐벗고 굶주리며 살고 있더란다. 틈틈이 어깨 너머로 부모 몰래 배운 실력이라 서툴렀지만, 당신이 짠 베로 이불도 만들고 옷도 지어 입었단다. 옷감이 귀하던 시절, 100호가 넘는 큰 동네에 어머니만큼 베를 잘 짜는 사람이 없어서 오라는 데가 많아 눈뜨기가 바쁘게 남의 집에 가서 새벽별이 뜰 때까지 베 짜주는 일을 해 먹고살았다는 어머니의 젊은 시절, 그런 사연을 간직하고 있기에 어머니 삶의 한 자락인 베틀가를 가사 하나 빠트리지 않고 외울 수 있으셨던 것이다.

어머니의 베틀가를 듣고 있으면 마음이 처연해진다. 삶의 애환이 눈앞에 펼쳐지고 한 서린 가락이 가슴을 저미게 한다. 그래도 우리는 신명나게 부르시는 어머니의 베틀가 듣기를 좋아한다.

월궁에서 놀던 선녀 옥황님께 죄를 짓고 인간으로 내려와서 하실 일 전혀 없어, 달 가운데 계수나무 동편으로 벋은 가지 은톱으로 비어다가 앞집이야 김 대목아, 뒷집이야 이 대목이 이내 집이 찾어와서 백통간축 백통대로 담배 한 대 피운 후에 잦든 나무 굽다듬고, 굽은 나무 잦다듬고 얼른 뚝딱 베틀 한 대 지어내니,

베틀 놓을 디 전혀 없어 좌우로 둘러보니 옥난간이 비었고야, 베틀 놓세 베틀 놓세 옥난간에 베틀 놓세. 앞다릴랑 돋아 놓고 뒷다리는 낮아 놓고 앉을깨 돋아 놓고 가리상 쏘아 놓고 앉을깨에 앉는 양이 양귀비의 넋이로다.

버디집 치는 양은 아양국사 절 지을 적에 적못 거는 소리로다. 허리테 두른 양은 남원산에 안개 낀 듯 최라 찌른 양은 남원산에 무지갯살 서산으로 끼친 듯이, 북이라 드는 양은 청학이 백알을 품고 채운관을 나드는 듯, 잉엿대라 허는 것은 삼 형제라, 눈썹대라 저은 양은 견우직녀 술잔 들고 겨누는 듯, 눈들대라 허는 양은 홀애비라, 세모졌다 병어리, 올올이 갈라주고, 원삼대라 노는 양은 새벽서리 찬서리에 외기러기 짝을 잃고 벗 부르는 소리로다.

밀치대라 미는 양은 둘이 형제 겨누는 듯, 도토마리 노는 양은 늙으신데 병일네라 앉을세락 누울세락, 베댕이라 허는 것은 도수원의 숫가지던가 이리 도지고 저리 도지네.

끄실신이라 허는 것은 헌신짝에 목을 매고 당길세락 놓을세락 얼른 뚝딱 맹주 분주 짜내어 은가위로 비어다가 앞 냇물에 빨아다가 뒷 냇물에 헹궈 내어 옥 같은 풀을 혀서 담장 위에 널어 바래 와당퉁땅 뚜드려서 이모정년 지어 놓고 방바닥에 피어 놓으면 조그마한 시누애기 들며날며 다 밟네.

핫대 걸면 먼지 앉고 지첨저첨 곱게 개어 자개함 농 안에 넣어 놓고 와당 퉁땅 뛰어나가 저기 가는 저 선베님, 우리 선베 안 오시던가, 오기야 오대만은 칠성판에 누워 오데. 웬말이오, 웬말이오, 서울길이 원수로다, 서울길이 아니거든 우리 낭군 아니 죽을 것을, 아가, 아가 우지 마라 너의 아버지 죽었단다.

배가 고파 죽었거든 밥이 있으니 밥을 보고 일어나오. 목이 말라 죽었거든 물이 있으니 물을 보고 일어나오, 임이 보고 싶어 죽었거든 내가 있으니 나를 보고 일어나오. 스물네 명 유대군이 생엿소리가 웬말이오. 저승길이 길 같으면 오고가고 보련만은, 저승 문이 문 같으면 열고 닫고 보련만은, 문이 없어 못 열고, 길이 없어 못 가네.

(2006년)

인연

친정어머니가 갑자기 우리 집에 오고 싶다는 전화다. 무슨 바람이 불었을까.

사 남매가 결혼하여 손자손녀가 여덟이나 될 때까지 해산수발 한번 하지 않았던 어머니가 늦둥이 낳았을 때 수발한다고 오셨다가 불협화음으로 며칠 만에 내려갔던 일이 11년 전이었다.

우리 사 남매는 어머니의 삶이 종교가 최우선인 걸 알기에 지금까지 어떤 바람도 기대도 하지 않고 잘 지내왔고, 가족보다 당신의 인생이 먼저인 어머니가 건강하신 걸 다행으로 여겼다.

폭염이 계속되던 지난 여름이었다. 갑자기 어머니가 우리 집에 다녀가고 싶다며 우리의 사정이 어떤지 의중을 떠보는 아버지의 전화를 받았다. 내심 반가워 오시라 했더니 더운 여름에 방문하는 것은 실례라며 더위가 한풀 꺾인 날 동부인해서 오셨다.

손님맞이 준비를 해 놓고 이제나저제나 하고 기다렸다. 동부인해서 다닐 때마다 언짢은 얼굴로 각각 들어오던 기억이 떠올라 불안하기도 하고 연세가 드셨으니 불편하지나 않을까 염려하면서 창밖에 시선을 묶었다.

의외로 다정하고 환한 모습으로 오셨다. 반가웠다. 찾아가서 뵐 때와 내 집에 오셨을 때의 기분이 다르다. 아버지야 한 달에 한 번씩 오시지만 어머니는 새 집으로 이사 오고 처음이다. 그동안 맏딸이 어떻게 살고 있는지는 아버지한테 들어왔지만 그래도 몹시 궁금했단다. 어머니는 집안을 샅샅이 둘러보며 기도한다. 하나님 은총에 감사하며 살라는 주문도 잊지 않는다.

여고 시절 어머니와 말다툼이 일 때마다 젊은 어머니는 어린 딸의 가슴에 상처를 주곤 했다. 니까짓 게 얼마나 잘되나 두고 보자는 어머니와 취직해서 나가면 집에는 발도 딛지 않겠다고 맞서는 딸의 불협화음은 끝날 줄 몰랐다.

수십 년 전의 일이 엊그제 일처럼 생생하게 떠올라 쓴웃음을 뱉었다. 잊어도 될 단어 하나하나와 여러 행동들이 기억의 저편에 도사리고 앉아 건드리면 금방 상처가 도질 것 같은 통증이 전해 온다. 그 생생한 기억력 덕분에 동수필 『복희 이야기』 시리즈가 탄생하기도 했지만, 어느 땐 딜리트 키(Delete Key)를 눌러 지우고 싶은 기억들이 있다.

삼십여 년의 세월이 흐른 뒤 여식을 바라보며 흐뭇해하는 어머니, 아버지의 모습을 보니 절로 행복해진다. 부모형제 일로 힘이 부치고 괴로울 땐, 왜 부모자식으로 태어났는지 원망한 적도 있었다. 9천 겁의 인연으로 맺은 형제와 1만 겁의 인연으로 만난 부모, 그 귀한 인연을 뗀다고 떼어지던가.

직장생활하며 동생들과 자취할 때 대학생이던 남동생이 날 '바보'라 며 부모님이 계시는데 왜 누나가 희생하느냐고 몹시 부담스러워했다. 그 때는 무너진 가계(家系)를 일으켜 세우겠다는 일념으로 내가 지고 가야 할 책임과 의무로만 생각했지 버겁다는 생각은 전혀 하지 않았다.

늦은 나이에 결혼해서도 맏이라는 고정관념은 변하지 않았다. 종가인 시댁에서 맏며느리 역할에 자신했던 것도 고집스런 사고의 불변에서였 다. 양가 11남매의 맏 노릇하며 사는 삶이 남이 볼 때는 손해 본 것 같아 도 결과로 보면 득이 더 많았다. 보이지 않는 힘이 내 편이 되어줘 만사 가 형통하여 뜻하는 바대로 살아왔고, 부모형제가 무탈하여 아직까지 궂 은일을 겪지 않았으니 이 또한 수천 겁의 인연이 작용한 것은 아닐까.

이른 저녁을 먹고 부모님과 할인매장으로 향했다. 시골 분들이라 딸과 사위를 따라다니며 쇼핑하는 것도 구경거리였고, 부모님을 위해 물건을 담을 때마다 돈 생각하며 만류하면서도 몹시 흡족한 표정이다.

늦은 시간이지만 부모님이 쉽게 접하지 못하는 족발, 순대, 전기구이 통닭을 식탁에 펼쳐 놓고 대식구가 둘러앉아 밤참을 행복과 곁들여 먹 었다.

부모님과 기분 좋게 앉아 얘기꽃을 피운 것도 간만이지만 두 분이 도 란도란 다정한 모습을 보니 목울대가 뻐근해 오면서 한편으로 불안감이 스친다. 예전에 없던 일을 하면 돌아가신다는데…….

내 기억 속에는 다정한 부모님 모습보다 뜻이 맞지 않아 불화하던 모 습이 더 많다. 왜 진즉 그렇게 오순도순 살지 못하셨을까. 8천 겁의 연으 로 맺어진 부부의 인연이라면 얼마나 소중한가. 우리가 한 나라에서 한

민족으로 살아가는 것도, 이웃으로, 한 집에서 부모형제로 만나 사는 것
도 수천 겁의 인연 때문이라 하지 않던가.

처음으로 함께 오셔서 하룻밤 묵고 떠나는 부모님의 뒷모습이 멀어져
간다. 양손에 보따리를 들고 다정하게 걸어가는 모습을 보니 부모와의
인연을 거부하고 싶었던 순간이 떠올라 회한의 눈물이 볼을 타고 흐른
다.(2006년)

보리 배필

요즘은 농촌의 풍속도가 바뀌어 웬만하면 크고 작은 행사를 음식점에서 치른다. 먼 곳에서 오가는 자식들의 고생을 덜어주기 위한 부모의 마음과 번거로움을 피하고 싶은 자식들의 마음이 일치되어 신풍속도를 낳았다.

시골 어르신들도 집에서 하는 잔치보다 음식점에서 색다른 음식 잡수는 걸 반긴다. 부모님께는 죄송하지만 자식의 입장에서는 간편하고 심적으로 홀가분해서 좋다.

이번 어머니의 79회 생신도 미리 예약해 두었던 음식점에서 치렀다. 동네 어른들을 모시고 가서 저녁을 먹은 뒤 노래방 기기를 틀어 놓고 박자, 음정, 가사를 무시한 가무가 이루어졌다.

농촌에 젊은이들이 없다는 걸 증명하듯 방 안에 가득한 동네 어르신들 모두가 환갑을 넘거나 일흔이 넘은 분들이 많았다. 한평생 시골에 살면서 농사지어 자식들에게 부쳐주는 걸 낙으로 여기며 홀로 지내는 분들이 대부분이다.

　그분들의 입에서 나오는 노래는 노래가 아니라 한풀이다. 젊은 시절을 되돌아보며 '이제 와서 후회한들 무슨 소용이 있느냐'고 합창하며 목청을 돋우는데 목울대가 아파온다.

　우리 시어머니도 예외는 아니다. 축하주를 몇 잔 받아 잡순 어머니는 기분이 좋아서 청산유수의 노랫가락이 누에고치에서 실 나오듯 한다. 집에 와서 한 차례의 술상이 물러났는데도 어머니의 한풀이는 계속되었다. 취중에 진실을 말한다는 속담처럼 어머니는 침잠했던 심연의 속내를 드러내셨다.

　이렇게 좋은 세상을 두고 죽으면 어떡하냐며 만인 앞에서 죽기 싫다고 죽음에 대한 두려움을 토로하는가 하면 딸이 생신을 차려드렸다는 자부심으로 기분이 한층 고조되셨다. 다섯 딸을 두었지만 처음 있는 일이라 아들, 며느리 보기가 떳떳해서 좋다며 기세가 등등하시다. 목에 힘이 들어간 노랫소리가 집안에 메아리친다. 어머니는 지칠 줄 모르고 절절한 가사를 뽑아내고, 아들, 손자, 며느리, 딸들은 박수를 친다. 기분이 상승한 어머니는 노랫말에 얽힌 설화도 곁들이신다.

　"야, 느그들 '보리 배필'이 왜 보리 배필인지 아냐? 들어 봐라."

　어려운 보릿고개 시절에 가난을 함께하며 고생한 부부가 연상되었지만 예상은 빗나갔다.

　어느 여름날, 부잣집 진사가 고명딸에게 마당에 널어 놓은 보리를 부탁해 놓고 나들이에 나섰더란다. 막 산 고개를 넘어가는데 갑자기 장대비

168

가 쏟아지기 시작했다. 마당에 널어 놓은 보리가 걱정된 진사는 가던 길을 되돌아왔다.

대문 안으로 들어선 진사가 마당을 보고 놀랐다. 비 맞아 못쓰게 될 줄 알았던 보리가 말끔히 치워져 있었던 것이다. 그 많은 보리를 어떻게 혼자 치웠는지 대견하고 신통하여 딸에게 영문을 물었더니 자초지종을 들려주었다.

갑자기 쏟아지는 비를 바라보며 어쩔 줄 모르고 있는데 마침 지나가던 소금장수 총각이 도와줘 잘 치우게 되었다는 딸의 얘기를 듣고, 진사는 가진 것 없고 배운 것도 없는 소금장수를 사위로 맞아들여 '보리 배필'이 되었던 것이다.

밤이 이슥하도록 어머니의 한풀이 노랫가락은 계속되고, 난 어머니의 취중에서 글감을 줍는다. (2006년)

상립석리 사람들

상립석리는 박씨와 김씨 두 성씨로 이뤄진 집성촌으로 마을회관 옆의 오래된 아름드리 고목이 마을의 역사를 말해 주고 있다. 한때는 100호가 넘는 집에 곁방이 없을 정도로 많은 사람들이 살았지만 지금은 빈집이 늘고 허물어 없어진 집도 많이 있다.

자식들은 도회지로 떠나고 고향을 지키며 전답을 관리하고 있는 우리들의 부모 세대는 대부분 60 후반에서 7, 80의 노령층이다. 이분들은 사시사철 땀 흘려 농사지어 자식들을 챙겨주는 걸 낙으로 사신다. 평생 농사일을 하신 분들이 건강할 리 없다. 관절염이나 허리디스크로 고생하며 날마다 병원에 출퇴근하면서도 자식을 위한 일이라면 제일 먼저 앞장서시는 분들이다.

상립석리의 김장철은 유난하다. 집집마다 텃밭에 심었던 배추와 무, 갓, 파를 거둬들이고 있다. 우리 집도 예외는 아니다. 토요일에 내려가기로 했는데도 80이신 어머니가 마음이 급해 혼자서 텃밭의 배추를 따서 수돗가로 가져나르며 김장 준비를 하셨다.

보통 한 집에서 대여섯 집에 보낼 김장을 한다. 아들딸들에게 보내기 위해 밤낮없이 분주하다. 텃밭에서 배추를 따서 수돗가로 옮겨다 절이고 씻고 버무리고 하는 일을 품앗이로 열 명 이상이 모여 한다. 남정네들도 무거운 소금이나 큰 통들을 옮겨주고 옆에서 심부름을 하며 돕는다.

김장하는 날을 잘 맞춰 잡아야 한다. 한 집은 절여 놓고, 한 집은 씻어서 건져 놓고, 한 집에선 김장을 버무려 택배로 부치기 위해 비닐에 담아 사과상자에 담는다. 한 집이 끝나면 다음 집에 가서 버무리고 하는 식으로 돌아가면서 그 많은 김장을 하는 것이다.

아침 일찍 서둘러 떠났는데도 고향에 도착하니 12시가 넘었다. 가서 점심 대접하기로 약속했는데 마음이 탄다. 언제 가서 밥해서 대접하겠느냐고 친정 부모님이 밥하고 찌개 끓이고 식혜까지 해 놓아 가는 길에 들러 밥솥과 국솥을 차에 싣고 갔다. 집에서 맞춰온 수육의 온기가 그대로 남아 있어 막 버무린 김치에 정신없이 차려 내었다.

새벽부터 김장하기 시작한 친인척 열서너 명이 큰상 두 개에 둘러앉아 달게 점심 잡수는 모습을 보니 흐뭇하다. 그 모습을 보고자 서둘러 왔던 것인데 남편은 운전할 사람을 재촉한다고 불만이었다.

다음 집으로 가기 위해 나서는 분들에게 선물세트 하나씩 드리고 뒤치 다꺼리를 한 뒤, 가지고 간 김치 통에 김치를 담기 시작했다. 산더미처럼 쌓여 있던 김치가 8개의 김치 통으로 다 들어갔다. 어머니는 며느리 친정 김치까지 챙겨 놓으셨다. 시이모, 아들, 딸들에게 보낼 김치를 택배로 부치고 흐뭇해하시는 어머니의 건강한 모습을 보니 행복하다.

상립석리 사람들의 변하지 않는 인심으로 시골에 갈 때마다
가슴이 훈훈해져서 돌아오곤 한다.

당숙모들도 김장을 해서 트럭을 불러 싣고 서울 사는 아들, 딸들에게
전하고 와서 한시름 놓았는데, 친척 한 분이 병원에 입원해 있어 김장
을 못하고 있다. 하지만 걱정이 없다. 농사철에도 주인이 입원해 있는
동안 내 일처럼 나서서 깨 털고, 고구마 캐고, 콩이며 고추까지 따서 건
조장에 말려주었듯이 이번 김장도 그렇게 할 것이다. 주인이 없어도 텃
밭의 배추를 뽑아다 내 김장하듯 해서 그분의 자식들에게 부칠 김치까
지 마무리할 것이기에 걱정은 없지만 그 친척 아짐의 건강이 염려된다.

시대가 많이 변했지만 상립석리 사람들의 인심만은 그대로다. 비정상

172

이던 분이 돌아가셨을 때도 집안어른들이 음식을 장만하여 무너져가는 그 집에 가서 초상을 치르도록 도왔고, 친척들이 결혼 날만 받아 놓으면 알아서 음식을 장만하고 떡을 해 오고 잔치가 끝날 때까지 내 일하듯 말끔하게 처리해 준다.

평생 시골에 사신 어머니는 그곳을 떠나면 금세 앓아눕기 때문에 고향 떠날 생각을 안 하신다. 수족이 움직일 때까지 고향집에서 전답을 지키다가 몸이 불편하면 언제든 올라오시겠다는 약속 하에 서로 자유롭게 지내고 있다.

우리 자식들이 크게 걱정하지 않는 것은 믿음직한 당숙들과 당숙모들이 계시기 때문이다. 멀리 있는 자식보다 가까운 친척들이 어머니 일을 더 알아서 챙겨주신다. 어머니가 돌아가서도 우리가 내려가기 전에 모든 일을 알아서 하겠다고 걱정 말라는 분들이다.

상림석리 사람들의 변하지 않는 인심으로 시골에 갈 때마다 가슴이 훈훈해져서 돌아오곤 한다. (2007년)

애독자

작가는 애독자를 만나면 행복하다. 작품을 읽고 내 얘기인 듯 착각할 정도로 공감하고, 책장이 빨리 넘어가서 한 편만 읽으려다 한 권을 다 읽었다는 얘기를 들었을 때의 보람은 글을 잘 써야겠다는 사명감으로 이어진다.

동수필집 『복희 이야기』를 탈고하여 김대규 선생님께 드릴 때만 해도 "이것도 글이냐"는 핀잔을 들을까 봐 염려되었다. 한 달 후 동인모임에서 동수필집을 출간하기 전까지 〈안양시민신문〉에 연재하면 어떻겠느냐는 선생님의 말씀을 듣고서야 두려운 마음이 없어지고 긴장했던 마음도 풀렸다.

그렇게 해서 『복희 이야기』가 세상의 빛을 보게 되었다. 일주일에 한 편씩 나오는데 누가 읽어줄까. 관심 있게 읽어줄 독자나 있을까. 지면이나 메우는 건 아닐까. 여러 생각을 하면서도 내심 기대를 했다. 8개월간의 연재가 끝나고 책으로 출간되었을 때 독자층이 형성되고 있었다는 사실을 알게 되었다.

원로 수필가이신 김시헌 선생님께서 열심히 읽어주셨고, 시골에 고향을 둔 분, 시골에서 자란 분들이 마치 자신들의 얘기를 쓴 것 같다고 연락이 왔다. 자기 생각을 훔쳐갔다며 제주에서 전화주셨던 분과 긴 통화를 하기도 했다.

급변하고 있는 시대를 살아가는 분들에게 잃어버린 고향을 찾아주고 싶다는 생각으로 습작하기는 했지만, 독자층이 다양하리라고는 생각 못했다. 어린이는 어린이대로 재미있어 하고, 어른들은 7, 80대에 이르기까지 고향이 다르고 자란 환경이 다른 데도 당신들의 유년을 기록한 거라며 반색을 했다. 도대체 나이가 몇인데 그때 일들을 쓸 수 있느냐는 분들도 많았다.

내 작품에 관심 있어 보이지 않던 남편이 아침마다 화장실에 앉아서 책장을 넘기기 시작했고, 시골에 계시는 시어머니는 "우리 며늘아기 이름이 나오니까 더 재미있다." 며 머리맡에 두고 읽다가 졸리면 자고, 자다가 일어나면 책을 읽는다고 하신다. 작품의 서평까지 빠트리지 않고 읽으시는 모양이다.

시골에 갈 때마다 어머니는 옛날 얘기하시듯 한다.

"야야, 분이네 말여, 시상으나 그렇게 산 사람도 있으꺼나. 이 책은 윗집에 사는 아짐이 꼭 읽어야 쓰것드라. 그 아짐은 아재가 바람피었다고 20년이나 각방 쓰며 아재를 구박하는디. 분이네 좀 봐. 참 재미있게 잘 썼어야."

어머니는 며느리가 썼다는 걸 잠시 잊은 듯 줄거리를 말씀하시느라

식사시간이 길어진다. 들개를 키운 당숙모에게는 "자네 개 얘기도 썼다네." 하며 읽어 보라 하시고, 첫 작품집 때와는 달리 동수필집과 퓨전집이 나온 후부터 애독자가 생겼다.

메일을 통해 다음 작품은 언제 나오냐고 성급하게 재촉하는 독자 때문에 늘어져 있던 신경을 곧추세우기도 한다. 『복희 이야기』 후편이 기대된다는 독자를 위해서 2탄에 들어갔다. 김미자 하면 동수필이라는 인식을 독자에게 심어줘야 한다는 김대규 선생님의 가르침을 따르기 위해서이기도 하지만, 이미 계획했던 일이기 때문에 오늘도 유년의 뜨락을 헤집고 다닌다.

『애증의 강』과 『복희 이야기』가 홀로 지내시는 어머니에게 큰 효도를 하고 있다. 어머니 얘기가 나와서 좋고, 아는 집안 얘기가 나와서 더 재미있다고 하시는 어머니는 분명 나의 애독자다.

단 한 분의 애독자를 위해서 오늘도 습작노트를 펼쳐 놓고 시름에 젖는다.(2004년)

6. 복희의 고향을 찾아서

이국적인 남해

　말로만 듣던 남해에 갈 기회에 생겼다. 결혼 후 처음으로 혼자서 떠나는 1박 2일의 여행이라 설레었다. 새벽에 일어나 집안일을 해 놓고 가족들의 배웅을 받으며 집을 나섰다. 집 앞에 대기하고 있던 레포츠 카에 몸을 맡기고 자유의 날개를 폈다.

　그칠 것 같지 않던 비바람이 자취를 감추고, 파란 하늘이 채색되기 시작한 봄의 수채화를 선명하게 조명해 준다. 비에 씻긴 무르익어가는 봄 산이 싱그럽다. 이제 막 돋아나는 새싹과 나무 이파리의 연둣빛은 옹알이하는 천진한 아기와 같은 모습이다.

　철 따라 변해 가는 산야를 볼 때마다 인간의 일생이 그려진다. 순백으로 태어나서 홍진에 물들며 부대끼고 살다가 생자필멸(生者必滅)하는 인생이 서글픔으로 다가오는 것은 절반의 인생길을 걷고 있는 나이 탓일게다. 자연으로 돌아가야 하는 인생이 싫어서 나무였으면 하는 생각을 곧잘 한다.

누가 시키지 않아도 때가 되면 싹을 틔우고 꽃을 피워 열매 맺고 씨를 퍼뜨려 종족번식을 위해 열심히 할 일을 해 놓고 다음 세대를 위해 아낌없이 스러져 가는 식물들의 아름다운 일생을 배워야겠다. 우주의 섭리, 자연의 순리를 거스르고 싶은 생각을 저만치로 밀어낸다.

삼천포로 빠지다

주마간산처럼 스치는 봄의 수채화를 머릿속에 저장하는 동안 차는 삼천포로 빠진다. 남편에게 삼천포로 가는 중이라고 문자로 행선지를 알리니 왜 삼천포로 빠졌느냐고 답장이 왔다.

그러고 보니 일상에서 자주 쓰는 말인데도 알지 못했던 그 유래가 새삼스럽게 궁금해진다.

옛날에 어떤 장사꾼이 장사가 잘되는 진주로 가려다가 길을 잘못 들어서 장사가 안 되는 삼천포로 가는 바람에 낭패를 당했다는 이야기에서 나온 말이라는 설도 있고, 진해에 해군기지가 생긴 이래 해군들에 의해 나온 말로 진해에서 서울로 휴가를 나왔다가 귀대하는 도중에 삼량진에서 진해 가는 기차를 갈아타지 않고 잘못하여 삼천포 가는 것을 갈아타는 바람에 귀대 시간을 어겨 혼이 난 병사들 때문에 생겨난 말이라는 설도 있다.

부산을 출발하여 진주로 가는 기차에는 삼천포로 가는 손님과 진주로 가는 손님이 함께 타는데, 기차가 계양역에 닿게 되면 진주행과 삼천포행의 객차로 분리하여 운행한다. 이때는 반드시 방송을 통해 진주행 손님과 삼천포행 손님은 각각 몇 호차로 옮겨 탈 것을 알려주는데 진주를 가는 사람이 깜빡 잠들거나 해찰하여 엉뚱하게 진주가 아닌 삼천포로 빠지게 되는 경우도 있다고 하여 생긴 말이라는 설도 있다. 이 세 가지 설이 복합되어 쓰인다고 한다.

삼천포시장 부근에 맛있게 하는 해물탕집이 있다 하여 안내하는 분이 일부러 삼천포로 빠졌다는데 이럴 때 아니면 언제 또 오겠냐 싶으니 그것도 고맙다. 해물탕을 먹고 시장을 한 바퀴 둘러본다. 포구와 맞닿은 시장에 해물 천지다. 그 많은 해물들이 국내산인 줄 알면 오산이란다. 토박이가 아니면 모를 정도로 수입산이 주를 이룬다고 식당주인이 귀띔해 준다. 식당주인의 안내로 펜션에서 해 먹을 찬거리를 마련하여 삼천포를 빠져나온다.

그림 같은 이국적인 펜션들

남해를 잘 알고 자주 다니는 분이 직접 운전하며 남해 해안 길을 달리는데, 쪽빛 바다도 봐야 하고 주변 경관도 살펴야 하고 설명도 들어야 하니 눈길이 바쁘다. 한눈에 들어오는 크고 작은 섬들이 아기자기하고 에메랄드빛 바다가 이국적이다.

남해의 발전을 위해 외부 투자유치를 장려하여 부동산 매매가 자유롭단다. 96년부터 투기꾼들이 몰리는 바람에 이삼만 원 하던 땅값이 천정부지로 올라 전망 좋은 땅 한 평이 이삼십만 원을 호가한다고 한다. 서울 손님들이 고급 승용차를 타고 남해를 내 집 드나들 듯하는 이유가 거기에 있었다.

이유야 어떻든 돈 있는 유지들은 전망 좋은 곳에 그림 같은 펜션이라는 집을 짓기 시작하여 외국 관광지에서나 볼 수 있는 멋스럽고 낭만적인 집이 해안가에 즐비하다. 펜션을 지을 때 해안도로 위로 올라오지 못하게 높이를 제한해 방해물 없이 해안 길을 달리며 청정한 바다를 내려다보는데 마치 외국관광에 나선 기분이다.

우리나라 경제가 어렵던 시절 차관 담보로 파견되었던 광부와 간호사들이 독일에 가서 뿌리내리고 살다가 황혼을 넘기고 고국이 그리워 찾아오기 시작했다. 서구 문화에 익숙한 그분들이 생활하기 편리하게 만든 독일 마을은 독일식으로 집을 지어 고국에 정착하기 원하는 분들에게 분양해 주었다는데, 쪽빛 바다가 한눈에 들어오고 우거진 산림이 병풍처럼 둘러싸인 산 중턱에 자리를 잡은 곳이어서 풍광이 뛰어난 곳이었다.

청정지역인 남해는 관광지로써 천혜의 조건을 갖추고 있었다. 따뜻한 기후와 크고 작은 섬들로 둘러싸여 있어 태풍의 영향을 크게 받지 않을 뿐더러 바닷물빛이 쪽빛, 에메랄드빛, 사파이어빛 등 천연 빛이어서 더 아름답다.

그 아름다운 바다를 한눈에 볼 수 있는 펜션이 붐을 이루어 산등성이마다 외국식 이름을 가진 예쁜 집들이 관광객을 유혹한다. 프랑스 마을

과 개발 중인 미국 마을, 일본 마을을 돌며 세계 여행 한번 잘했다며 모두
흡족해했다.

민둥산이 고사리밭이라고

해안 길을 달리며 반대쪽 산등성이가 고사리밭이라는데 쉬이 납득이
되지 않았다. 산등성이마다 민둥산처럼 누렇게 보였다. 고사리는 풀숲
에서 자라는 것이 아니었던가, 고개가 갸우뚱해진다. 내심 궁금했는데
우리를 태운 차는 고사리밭을 향해 산등성이로 올라갔다.

검불을 깔아 놓은 것 같은 넓은 민둥산에 고사리 대가 우후죽순처럼
뾰족뾰족 솟아나와 해바라기를 하고 있다. 신기하다. 제사 때마다 빠지
지 않는 고사리를 처음 본다.

무성하게 자란 고사리 잎이 시들면 누렇게 말라 거름이 되기도 하고,
이불을 살짝 덮어 놓은 것처럼 된다. 그 안에서 겨울을 보낸 고사리들은
이듬해 봄이면 살이 통통하게 올라 이불을 뚫고 나오는 순환이 반복되다
보니 멀리서 보면 누런 민둥산처럼 보이는 것이다.

남해 고사리가 유명하다는 걸 처음 알았다. 집집이 고사리로 일 년 매
출이 1억 가깝다니 놀랍다. 들에서나 마을에서 만나는 사람마다 고사리
를 지게에 지고 가거나 경운기나 리어카에 싣고 가는 걸 본다. 마을마다
고사리를 삶고, 말리느라고 길에다 나락 널듯이 널어 말리고 있었다. 그
곳에서는 흔하지만 아무나 쉽게 살 수 없는 것은 조합에서 사들여 공동

으로 매출하기 위해 개인적으로는 팔지 않기 때문이다.

내게는 제사용으로 많이 필요한 고사리 꺾기가 매력이었지만 고사리밭에는 아무나 들어가지 못한다. 고사리의 순환을 모르는 관광객들이 고사리밭을 마구 밟아 다음 농사까지 망치기 때문에 근처에는 얼씬도 못하게 한다. 길에서 몇 개 꺾어 본 게 고작이지만 제일 인상적인 체험이었다.

두릅이라는 것도 따 보았다. 가시 달린 가느다란 나무에 새순이 나는데 그걸 따서 판단다. 땅두릅보다 나무두릅이 더 맛있다고 한다. 초장에 찍어 먹는 걸 좋아하지만 비싸다 보니 마음 놓고 먹어 보지는 못했다. 시골에서는 흔한 머웃대를 함께 간 일행들은 큰 보배인 양 반기며 꺾는다. 소중한 체험학습이었다.

다랭이 마을의 일출

일출의 장관을 보기 위해 사진작가들이 많이 온다는 남해군 남면 홍현리의 가천마을은 순수한 우리 토박이 마을인 '다랭이 마을' 로 더 유명하다.

전답이 한 다랭이씩밖에 되지 않는데 산등성이까지 계단식으로 층층이 올라간 다랭이가 108층이나 된다니 놀라울 뿐이다. 구불구불한 곡선으로 만들어진 크고 작은 다랭이 논이 절벽을 따라 잇고 있는 자연스런 풍광이 아름답다.

돌로 축대를 쌓아 논농사는 짓지 못할 것 같지만 제주도의 부석과는 달라 물이 빠지지 않아서 농사짓는 데 지장이 없다고 한다. 다만 기계로 농사짓지 못하고 아직도 소로 논을 갈고 재래식 방법으로 모심기를 해야 되기 때문에 농사철이면 허리가 휠 지경이라고. 현지인은 고달픈데 다랭이 마을을 찾는 관광객은 그림 같은 자연의 신비에 감탄한다.

바다가 코앞인 낭만이 깃든 펜션에서 파도 소리를 자장가 삼아 몇 시간 자고 일어나 일출을 보러 갔다. 다랭이 마을을 앞에 두고 섬과 섬이 겹쳐진 부분에서 떠오르는 태양을 볼 수 있을 것인지 숨을 죽이며 바라보고 있는데, 바다를 황금노을빛으로 물들이더니 주홍빛을 띤 태양이 살포시 고개를 내민다.

중년을 넘기고 있는 일행은 소녀마냥 감탄사를 연발하며 소리를 지른다. 눈 깜짝할 사이에 섬 위로 둥실 솟아오른 태양이 의기양양해하며 다랭이 마을을 내려다본다.

일출의 장관을 감상하고 설흘산에 오른다. 이른 아침이지만 상쾌한 기분으로 새벽 공기를 마시며 지저귀는 새들을 벗 삼아 봉수대 정상까지 올라갔다가 내려오는데 길을 잘못 들었다. 계곡을 따라 내려와서 보니 올라갈 때의 입구가 아니다. 직 코스로 내려온 것이다. 다행히 다랭이 마을이 이정표가 되어 일행을 만날 수 있었다.

다시 펜션에서 아침을 해 먹고 길을 나섰다. 남해대교로 가는 길에 만난 드넓은 자운영, 유채꽃, 마늘밭이 인상적이다. 관광객을 위해 군에서 장려한 노란 유채밭은 제주도를 연상케 했다.

날씨에 구애받지 않고 자유로이 드나들 수 있는 이국적인 남해는 청정

그 자체였다. 어느 곳에서든 그림 같은 맑은 바다를 볼 수 있는 천혜의 조건을 갖춘 남해가 개발이라는 미명하에 너무 훼손될까 우려된다.

우선 당장은 개발이 큰 도움이 될 것 같겠지만, 훗날엔 자연을 망가뜨리지 않고 잘 보존한 그 자체가 관광명소요, 가치가 있음을 염두에 두었으면 싶다.(2007년)

타임머신을 타고

12시 45분발 타임머신은 출발부터 말썽이었다. 4시간 이상 지연돼 떠나는 데도 불평하는 승객이 없는 걸 보니 북방항공의 속성을 아는 이용객이 많은가 보다.

대가족이 새벽부터 서둘러 온 보람도 없이 인천국제공항에서 4시간이나 되는 긴 시간을 뭉그적거리다 탑승하여 1시간 30분 만에 목적지에 도착했다. 심양공항에서 반가운 얼굴들을 대하니 치밀었던 화가 가라앉고, 그곳 가족의 안내로 여행이 시작되었다.

60년대 우리나라 산업사회에 해당하는 무순에 있는 공장을 견학하고 직원 식당에 차려 놓은 수박, 포도, 자두, 옥수수, 천도복숭아를 먹고 나왔다. 주변 환경이 우리네 시골과 같다. 푸른 하늘에 뭉게구름이 떠가고 들판은 초록 물결로 일렁인다.

심양 시내는 도심답게 화려하다. 밤거리는 네온사인으로 찬란하고 많은 인파가 물밀듯 밀려가고 온다. 텔레비전에서나 보았던 자전거 행렬,

신호등보다 사람이 우선인 듯한 그들의 생활에서 느긋한 여유를 느낀다.

동생네 아파트에 가서 짐을 부려 놓고, 예약이 되었다는 샤브샤브 식당에 들어갔다. 화려한 식당에서 종업원의 서빙을 받으며 귀인 대접을 받고 나와 숙소로 향했다.

동생네는 제법 괜찮은 아파트에 살고 있어 그곳에서 하룻밤을 묵었다. 아파트가 복층 모양으로 굉장히 넓었지만 오래된 아파트라 낡아서 손을 잘못 댔다간 부서지기 일쑤여서 조심스러웠다.

다음날 새벽, 동생과 큰올케가 20인분이 넘는 김밥을 준비하고, 떡과 찰밥 등을 준비하여 백두산을 향해 출발했다. 심양 시내를 벗어나기도 전에 노인 열댓 명이 ㄱ자로 듬성듬성 앉아 사거리 길을 막았다. 관공서에서 평생 일하고 대가없이 밀려난 노인들이 노후 대책을 요구하는 시위란다. 살벌한 우리네와 분위기가 다르다. 교통경찰은 서서 구경하고, 답답한 자동차 운전자들이 나와 노인들에게 길을 비켜 달라고 하소연하지만 소용이 없어 오던 길을 되돌아간다.

샛길을 돌고 돌아 시내를 빠져나가는데 빡빡머리에 등판에 '방폭단'이라고 쓴 검은 옷을 입은 한 떼의 사람들이 시위대를 향해 느긋하게 걸어가고 있다. 껌을 씹거나 슬리퍼를 신고, 손에 방망이 하나씩 들고 어슬렁어슬렁 긴장감 없이 가는 그들을 구경하는데 웃음이 나왔다. 그래서 만만디구나.

끝없이 펼쳐진 옥수수밭을 지나다가 냇가에서 짐을 풀어 떡과 라면, 찰밥으로 점심을 해결하고 달리기를 계속했다. 달려도 달려도 끝나지 않는 넓은 땅, 주마간산처럼 스쳐가는 시골 풍경이 타임머신을 타고 과거로 시간여행을 하는 기분이다.

소 구루마, 마차, 경운기, 세발 자동차, 오토바이에 바퀴 달린 차, 남루한 주민, 웃통 벗은 남정네들, 시골 울타리 옆에 피어 있는 접시꽃, 봉숭아, 채송화, 맨드라미, 분꽃, 홍초, 해바라기, 두엄자리, 일렬 횡대로 줄서 있는 똑같은 크기의 집들ㅡ.

집들이 모여 있는 곳 옆에는 어김없이 넓은 개울이 있고, 그곳에서 한가로이 풀을 뜯고 있는 황소, 백소, 물 위에서 노니는 오리 떼들, 종종거리고 다니는 토종닭 무리, 가다가 잠시 양해를 얻어 사용한 변소는 영락없는 60년대 우리 농촌의 변소다.

목적지인 백두산과 가까운 도시 이도백하(二道白河)를 찾아가는 길은 험난했다. 길을 잘못 들어 벌목 차량들만 다니는 울창한 숲길로 빠져들었다. 가도 가도 끝없는 울울창창한 숲길, 시간은 어김없이 가는데 길은 외길, 밤하늘의 총총한 별들만 우리를 지켜볼 뿐이었다. 호랑이가 나온다는 말을 실감할 정도의 칠흑 같은 밤, 비포장도로를 달리다가 바퀴가 깊이 파인 웅덩이에 빠졌다. 승객이 모두 내려 남자들은 미니버스를 밀고 우리는 밤하늘의 찬란한 쇼를 감상했다. 상황에 맞지 않는 분위기였지만 생전 보지 못할 별들의 쇼를 머릿속에 저장했다. 인간의 때가 묻지 않은 울창한 숲 속에서의 은하수는 어떤 금은보화로도 사지 못할 귀한 구경거리였다.

간신히 터진 핸드폰으로 제부가 숙박소의 여주인한테 길을 물으니 땅 색깔이 누런색이냐, 흑색이냐고 묻는다. 무슨 말인가 했더니 아스팔트길과 비포장도로의 구분을 그렇게 했다. 길을 잃고 헤매면서도 웃음이 터져 나왔다. 스무고개하듯 겨우 찾아간 숙소에서 밤 1시 넘어 식사를 하고, 제한시간이 되어 단수가 되었다고 해서 물조차 마음대로 쓰지 못하고, 자는 둥 마는 둥 눈을 부치고 일어났다.

그네들의 잠시, 조금은 서너 시간이 훨씬 넘는다. 곧이곧대로 말을 들었다가 빨리빨리 근성인 성급한 우리네 성질이 더 사나워질 수밖에 없다. 로마에 가면 로마법에 따르랬다고 그네들의 만만디 근성에 차차 익숙해졌다.

천지연을 향해서

날씨가 부조를 해 주었다. 화창한 날씨가 가을을 연상시킨다. 심양에서 올 때 이미 진이 다 빠진 상태였지만, 새로운 환경을 맞으니 새 힘이 솟는다. 백두산으로 가는 길도 울창한 숲이다. 오염되지 않은 천혜의 자연 속으로 들어가 합류했다.

백두산은 튼튼한 차가 아니면 오를 수 없는 높이와 도로 사정으로 인하여 관광객들은 타고 온 버스를 백두산 입구에 정차시켜 놓고 즐비하게 서 있는 수백 대의 갤로퍼를 이용해야 한다.

2,670m의 산봉우리를 향해 돌고 돌아가는 갤로퍼의 행렬, 산등성이에 피어 있는 하양, 노랑, 보라색의 키 작은 야생화가 바람에 떨며 행인의 눈길을 잡아끌고, 천연의 자연 속에서 왜소해진 인간들은 천지를 보겠다고 꾸역꾸역 모여들었다. 올라갈수록 날씨의 변화가 심해 모두들 긴팔, 두

꺼운 옷을 걸치고 산아래를 내려다본다. 살아 있는 자연을 본다. 마지막 보루와도 같은 백두산의 자연이 더 이상 훼손되지 않기를 염원해 본다.

화산재가 보이는 산 정상에는 풀 한 포기 없이 맨흙 그대로다. 갤로퍼 운전사가 정한 시간에 맞추기 위해 너도나도 천지를 향해 올라간다. 짙은 안개구름에 가려 천지는 볼 수 없고, 아스라이 먼 곳처럼 아득한 깊이를 느끼고 있는데 안개가 서서히 걷힌다. 천지를 내려다보고 있던 관광객들의 환호성과 함께 천지의 푸른 물결이 보인다. 셔터를 누를 순간도 보여주지 않고 자취를 감추고 마는 천지를 두고 후들거리며 내려왔는데, 다시 천지를 울리는 환호성이 메아리친다. 천지가 온몸을 내보이고 있었던 것이다. 그것도 잠시였지만 막간에 그 모습을 카메라에 담은 사람들이 많았다. 다행히 우리 일행도, 남편도 카메라에 담았다고 기뻐한다. 약속시간을 기다리면서 조선족 상인한테 옥돌과 옥 목걸이를 사느라고 진짜 진주 귀걸이 한쪽을 잃었다. 비싼 천지를 구경했다.

장백폭포

천지에서 내려와 장백폭포를 향했다. 계곡물 흐르는 소리가 산을 뒤흔든다. 맑고 시원한 물이 포말을 일으키며 달리기 경주를 한다. 철철 넘쳐 흐르는 계곡이 제 색깔과 제 모습 그대로인 것을 보니 아직 문명의 때를 입지 않았다. 계곡 옆에 버스를 세워 놓고 집에서 준비해 간 재료로 밥하고, 고기 굽고 해서 27명이 점심을 해결했다. 아직은 아무런 제약이 없어 물소리를 반주 삼아 야유회를 만끽했다.

계곡물의 근원지가 어디일까. 맑고 시원한 폭포에서 흘러내린 물이 계곡을 따라 끝없이 달려가고 있다. 아직 개발이 되지 않은 지역, 이제 막 개방의 물결이 일고 있는 사회주의 국가여서 다행이라는 생각이 들었다.

그 거대한 나라가 산업화를 벗어나 공업화가 되고 문명의 발달이 이어진다면 지구가 온전할지 걱정이 앞선다. 십수 억의 인구가 제대로 먹고 살며 문화 혜택을 누리자면 얼마나 많은 자연이 훼손될 것인가, 지구는 또 얼마나 많은 고통을 겪으며 시름을 앓게 될까. 인구가 많은 나라에게 미안하지만 더 이상 자연이 훼손되지 않기를, 지구가 아파하지 않기를 내심 바라고 있다.

염천인 서울을 떠나 계곡물 소리를 들으니 피서는 제대로 왔다. 배가 부른 사람들은 계곡에서 머물고 장백폭포를 보고 싶은 사람만 따라나섰다. 쫄쫄쫄 명쾌한 물소리를 내며 흐르는 계곡을 중심으로 한쪽은 온천수가 흘러 김이 모락모락 피어오르고, 한쪽은 냉수가 흐른다. 유황온천수에 계란을 삶아 파는데 불티난다.

구름다리를 건너고 굽이굽이 산을 오르니 폭포수 소리가 진동을 한다. 첩첩산중에 야생화, 약초들이 군락을 이뤄 자신의 존재를 알리고, 좁은 길에 오고가는 관광객은 국적이 달라도 감상하는 정서는 같아서 서로 양보하며 질서를 지킨다.

어디를 가나 한국어를 유창하게 하는 조선족이 장사를 한다. 관광객에 빌려주기 위해 그들이 준비해 놓은 한복이 눈에 띈다. 우리 고유의 원삼 족두리에다 초록 저고리, 붉은 치마가 세련되지는 않았지만 이질감을 주지 않아 친근감마저 느낀다.

돌다리를 건너가 화산재를 밟으며 장엄하게 쏟아져 나오는 장백폭포를 비디오카메라에 저장하는데 폭포수 소리에 귀가 얼얼하다. 자연의 신비에 정신이 몽롱하다.

우리나라에 그 같은 폭포가 있다면 어찌 되었을까. 그대로 유지되었을까. 관광객을 유치한다고 개발하고 상업화가 되어 자연 그대로 유지는 어렵게 되지 않았을까.

아직은 먹고 살기에 바쁜 그들이다. 관광은 수입을 위한 것일 뿐, 그들은 여행을 즐길만한 경제적 여유가 없기에 자연이 그대로 살아 숨 쉬고 보존될 수 있는 것이다.

우리의 미래는

하루 종일 달려도 끝나지 않는 넓은 땅, 그 넓은 휴게소에 화물트럭만 보일 뿐 오가는 인적이 없다. 화물트럭 운전사를 위한 숙소가 있는 휴게소, 그곳에 차들이 늘어나고 지나가는 이용객이 늘어날 즈음이 되면 우리나라는 어떻게 될까.

봄이 되면 황사로 많은 고통을 겪어오고 있는데, 이대로 중국이 발전을 거듭한다면 우리는 그들이 내뿜는 환경오염에 병들 수밖에 없을 것이다. 환경오염으로부터 벗어나려면 양국이 공조하여 대처해야 한다.

우리나라 민간기업체에서 황사를 막기 위해 황사의 근원지인 중국과

몽골에 나무 심기를 계속해 오고 있다. 시작은 미약하더라도 해가 거듭할수록 그 효과는 확연히 나타나리라 믿지만, 국가적인 차원에서 더 연구하고 치밀한 대책을 세워야 한다.

지금 중국의 농촌에서는 우리나라 6, 70년대와 같은 현상이 일어나고 있다. 도시 바람과 교육열로 농촌의 젊은이들이 도시로 몰려가고, 농촌은 빈집이 늘어가고 있다고 한다. 부모가 힘들게 농사지어 도시로 떠난 자식을 가르치기 위해 온힘을 다하고 있다며 일행인 연변 동포가 귀띔을 해 준다.

모방의 천재인 중국이 우리나라 첨단산업을 뒤쫓아 오고 있다니 위기감을 느끼게 된다. 그들에게 뒤지지 않기 위해서는 대응할 수 있는 힘을 키워야 한다. 실력을 쌓고, 두뇌를 개발하고, 아이디어를 창출하여 그들이 우리를 앞서지 못하도록 분투해도 부족한데 오늘의 상황은 우리를 절망케 한다.

평준화로 인해 천편일률로 치닫고 있는 실력이며, 노사갈등으로 기업이 주저앉고, 각종 규제와 데모로 인하여 외국기업들이 국내 투자를 회피하여 일자리는 점점 줄어들고 있는데도 정치꾼들은 정쟁만 일삼고 있다.

한창 일할 나이에 직장이 없어 캥거루처럼 부모에게 기대어 살고 있는 청년 백수들이 늘고 있는 이 상황을 어찌 풀어가야 할 것인지 머리를 맞대고 의기투합해야 한다. 과거 우리 선조들이 그 많은 외부 세력에 어떻게 대처해서 오늘에 이르렀는지 선조들의 지혜를 배워야 한다.

우리나라의 미래를 위해 한마음이 되어 이 난관을 극복해야 한다. 우리가 내세울 수 있는 것이라곤 머리뿐이다. 그나마 남은 자연과 생태계를 더 이상 훼손되지 않도록 잘 보존해야 한다.

　우리가 이웃나라에 밀리지 않고 작지만 당당하게 살아가기 위해서는 두뇌를 개발하고, 문명이 발달하고 문화가 발전해도 더 이상 자연을 아프게 해서는 안 된다.(2005년)

다시 찾은 용평스키장에서

용평스키장을 다시 찾는데 25년의 세월이 흘렀다. 아픈 상처를 치유해 주기 위해 남편이 마련한 자리였다.

꽃다운 나이에 동생들과 자취를 하며 꽁꽁 언 방에서 연탄불 하나에 의지하며 살았던 시절이 있었다. 구차한 살림에 어디에서 그런 호기가 생겼던지 여동생과 난 벼르고 벼르던 용평스키장행을 감행했다.

새벽 4시에 떠나는 관광버스를 타기 위해 날밤을 새우며 기다리다 시간에 맞춰 용평으로 가는 관광버스에 올랐지만, 하필 그날따라 히터가 고장이 났단다. 선망의 대상이던 스키장을 보고자 꼭두새벽부터 얼음버스 속에서 덜덜 떨며 장장 4시간을 견뎠다.

스키장은 부의 상징이요, 화려함의 극치로 인식되었던 80년대 초, 우리 눈에 비친 용평스키장은 그야말로 있는 자들의 향연장 그 자체였다. 다행히 쨍쨍한 눈부신 태양이 없는 자의 편이 되어 자애롭게 우리를 맞이했으나, 우린 이방인이 될 수밖에 없었다. 여윳돈은 생각도 못하고 매스

눈이 내려앉은 산들은 수묵화로 만들어진 12폭의 병풍 같다. 2014년 동계올림픽이 평창에 유치
된다면 이 아름다운 우리 강산을 세계에 알릴 수 있을 텐데…….

컴에서 떠들어대는 용평스키장에 가 보고 싶다는 욕구 하나만 가지고 과
감히 행동했을 뿐이었다.

스키장 안에는 들어가 보지도 못하고, 변두리에서 스키를 배우고 타는
다른 세계의 사람들을 구경하며 길거리 벤치에 앉아 햇빛바라기만 하다
가 쓰라린 상처만 안고 돌아왔던 것이다.

겨울만 되면 생채기를 건드린 듯 용평스키장에 대한 아픈 기억이 떠올
라 한마디씩 뱉곤 한 것을 남편은 귀담아들었던 모양이다. 그 상처를 치
유해 주겠다더니 이렇게 오랜 시간이 걸렸다.

용평스키장으로 가는 길이 새롭게 단장되었다. 태풍과 폭우로 쑥대밭이 되었던 곳을 새롭게 길을 닦고 가로수도 심고 해서 모양새를 갖추었다고 한다. 1월 초인데 황태덕장이 여기저기 눈에 띈다. 사진가들이 작품으로 찍어낸 덕장은 봤어도 실제로 보기는 처음이다. 한겨울에 말린 명태가 황태라고, 요즘 황태전문요리집이 우후죽순처럼 생겨나고 있더니 재료가 이곳에서 반출되는가 보다.

다시 이십대로 돌아가 기억을 더듬어 보지만 아픈 기억 외에는 생각나는 것이 없다. 스키장하면 용평으로 친다더니 시대에 맞게 잘 조성되었다. 콘도, 호텔, 여러 편의시설이 손님을 끌기에 안성맞춤이고, 동계올림픽을 유치한다 해도 손색이 없을 정도다.

남편을 따라 예약된 호텔로 갔더니 영화에서나 보던 숙소다. 펜트하우스 꼭대기 층에 방이 몇 개, 넓은 침대는 천장에 거울까지 달려 있어 어리둥절하게 만들고, 욕실에는 버블 욕조와 사우나 시설까지 갖춰졌다. 거실과 주방은 왜 그렇게 큰지, 회의장까지 있는데 우리 처지로선 좀 과한 분위기다.

창문을 통해 스키 타는 사람들이 한눈에 들어오고 곤돌라 타고 오르내리는 장면이 영화의 한 장면처럼 보인다.

남편은 내 기분이 어떤지를 체크하고 있다. 가슴 한구석에 묻은 한이 사라지겠는지 확인하는 모양이다. 이곳에 왔다는 자체로 이미 치유되었다고, 배려에 감사하다고 전했다.

돈이 없어 신어 볼 생각도 못했던 스키 장구를 렌트해서 가족끼리 서서 강습받고 실전에 올랐다. 너무 늦은 나이에 찾았나 보다. 남편과 아

들, 딸은 몇 번 타더니 벌써 중급 코스까지 가는데 난 연습장에서만 머물
다 다리가 아파 포기하고 숙소로 돌아왔다.

　가족이 신나게 타는 것만 보아도 흐뭇하고 즐겁다. 당시엔 엄두도 내
지 못했던 음식, 간식 등을 챙겨먹으며 이렇게 할 수 없을 만큼 궁해서 못
했을까, 자격지심에 곁에서만 맴돌다 갔을까 자문하며 북경에 있는 여동
생을 생각했다. 동생도 나처럼 묵은 상처가 있을까.

굉음에 놀라다

　행복에 젖어 가족이 오기를 기다렸다. 스키를 실컷 타고 온 가족들은
신이 났다. 시내로 나가 저녁을 먹고 들어와 취침준비를 하며 정리하
고 있는데 갑자기 굉음이 나더니 숙소 안의 집기들이 떨어지고 창문,
천장이 심하게 흔들렸다. 순간 북한이 핵실험했다고 나라 안팎이 어수
선하더니 전쟁이 났나, 어떤 불상사가 터졌을까 두려움에 전율했다.

　우리 모두 하얗게 질려 밖으로 뛰쳐나갔다. 숙소에 있던 사람들이 우
리처럼 놀란 토끼눈을 하고 프런트로 모여들었다. 프런트를 지키고 있던
직원들도 원인을 몰라 헤매고, 손님들과 외국인들이 직원들에게 이유를
물으며 대피해야 하는지, 어떻게 대처할 것인지를 묻고 있지만 누구 하
나 속 시원하게 대답해 주는 사람이 없으니 공포 분위기다.

　공포의 몇 십 분이 지나자 강릉에서 지진이 있었다고, 지진은 서울에서
까지 느낄 정도의 강진이었다는 뉴스가 나왔다. 전쟁이나 인재로 인한

불상사가 아니어서 일단은 한시름 놓았지만 지진이 계속될지 모르는 상황에서 숙소에 들어간다는 것은 내키지 않았고 한편 불안하기도 했다.

얼마의 시간이 지나자 언제 무슨 일이 있었더냐 싶게 모두 숙소로 돌아갔다. 곧이어 야간 스키장은 중단하겠다는 방송이 나왔고, 숙소의 부서진 집기를 점검하겠노라는 안내방송을 듣고 들어와 놀란 가슴을 쓸어내렸다.

긴박한 상황에서는 어떻게 처신해야 할지 한번쯤 생각해 둘 필요가 있을 테지만 금세 잊고 마는 우리네 성격을 어찌해야 할지. 일본에서는 지진이나 해일, 태풍에 대비해 훈련이 잘돼 있다는데 우리도 사전에 대피연습이라도 해야 되지 않을까.

또 하나의 추억을 저장하다

아이들은 아이들끼리 스키 타러 가고, 남편과 곤돌라를 타고 정상에 있는 카페에 가기로 약속했다. 고소공포증이 있어 혼자는 탈 수 없기에 딸이 함께하기로 했다. 갈 때는 셋이서 타고 올라갔다.

인기드라마 「겨울연가」 촬영지라 해서 많은 젊은이와 연인, 아주머니들이 찾아오고 있다는 발왕산 정상(1458m)에 있는 유럽풍의 카페는 이미 관광객들로 인산인해를 이루고 있었다. 눈도 많고 사람도 많고, 설경들도 아름다워 정상에서 기념촬영하고 남편은 스키로 내려가고 딸과 카페에 들어가 그림 같은 풍광을 감상하며 낭만에 젖었다.

내려올 때는 곤돌라에 손님이 없어 딸과 단둘이 타고 오는데 무섭기도 하고 아래를 내려다보니 아찔하다. 처음엔 떨려 꼼짝 못하고 있다가 차차 안정이 되면서 시야를 먼 곳에 두었다.

외국풍인 대관령의 풍력기가 아스라이 보이는데 퍽 인상적이다. 눈이 내려앉은 산들은 수묵화로 만들어진 12폭의 병풍 같다. 2014년 동계올림픽이 평창에 유치된다면 이 아름다운 우리 강산을 세계에 알릴 수 있을 텐데…….

우리나라가 금수강산이라는 말을 실감하며 곤돌라에서 내려 가족과 합류했다. 귀가할 시간이 가까워 오자 모두 아쉬운 표정이다. 숙소에 가서 짐을 챙겨 나오면서 체크아웃하고 발길을 돌리는데 석양노을이 뒤따라와 인사를 한다.

용평스키장에서 가족과 함께했던 1박 2일 동안 묵은 상처를 치유했을 뿐만 아니라, 또 하나의 아름다운 추억을 만들어 저장할 수 있었다.

(2007년)

우리 얼이 깃든 대마도

여행은 날씨가 부조를 해 줘야 순조롭다. 작년 8월에 모처럼 장거리 여행 날짜를 정해 놓고 꼭두새벽부터 서둘러 갔다가 태풍으로 모든 일정이 취소되어 되돌아온 적이 있다. 항공이나 선박의 경우, 날씨가 미치는 영향이 어떤지를 실감했다.

다행히 4월 27일부터 2박 3일 동안 화창할 것이라는 날씨 예보는 출발부터 좋은 예감을 주었다. 부산까지는 한번 가 봐서 차분한 마음으로 집을 나섰다. 광명역에서 새벽 5시 41분발 첫 KTX를 타고 부산역에 내려 9시까지 집결장소인 국제여객터미널로 가는데 시간은 충분했다. 여유 있게 여행사 가이드를 만나 출국 수속을 밟았다.

대마도 직항노선인 씨플라워 II 는 순풍에 돛을 단 듯 순조롭게 부산항을 떠났다. 잔잔한 파도를 가르며 달리는 여객선, 빽빽이 들어선 여행객들의 소란함을 뒤로하고 창밖으로 스치는 수평선에 시선을 묶는다.

우리 조상의 얼이 깃든 대마도를 한 바퀴 돌아 나오는데 천혜의 자연 풍광이 눈길을 끈다.

결혼 21년 만에 떠나는 단둘만의 여행이다. 집을 떠나 온 이상 집에 두고 온 삼 남매는 잊기로 하자. 혹시나 몰라서 그동안 미루고 미뤄오던 유서 비슷한 편지를 써서 작품모음집에 저장해 놓고 왔는데…… 무거운 마음을 밀어낸다.

여행사에서 준비한 도시락을 나눠준다. 반찬도 좋고 밥도 맛이 좋다. 도시락 한 개로 둘이 먹고 남은 한 개는 싸들고 다녔다. 대마도 이즈하라 항에 도착하여 입국 수속을 밟는데 속도가 아날로그다. 그나마 지금은 빠른 편이라고. 한여름 피서철에는 족히 2시간 이상 걸린다고 옆에서 귀

띔해 준다. 매사에 꼼꼼한 것이 좋겠지만 빨리빨리 근성인 우리로서는
답답하기 이를 데 없다.

소인국 같은 섬 대마도는 우리나라 유적지가 많은 섬이다. 지리상으로
일본 후쿠오카까지는 138km이지만 부산까지는 49.5km의 가까운 거리
여서 맑은 날은 대마도 서해안에서 한국의 산과 거리를 육안으로 볼 수
있고, 밤에는 부산 광안리 대교가 환하게 보이기도 한다.
대마도의 첫인상은 조용하고 깨끗했다. 89%가 산림이어서 울창한 숲으로 둘러싸여 있고, 마을 어귀까지 바닥이 들여다보일 정도로 맑고 깨끗한 바닷물이 넘실댄다. 도로가 좁지만 아기자기하고, 외길로 다니는 자동차도 우리나라에서는 볼 수 없는 작은 차다.

집집이 두어 평 공간에 작은 차가 정차해 있는 게 보인다. 좁은 공간을 아주 유용하게 활용하고 있다. 애들 장난감 같은 2인용 자동차도 있는데 마치 소인국에 다니는 기분이다. 세면대와 욕조도 앙증맞게 작고, 밥과 반찬도 양이 아주 적어 걸리버 여행기에 나오는 소인국을 연상시킨다.

표민옥적(漂民屋跡) 대마도 개척 여행사인 발해투어의 가이드는 제일 먼저 우리를 표민옥적으로 안내했다. 마을 귀퉁이에 무슨 유적지가 있을까 했는데 작은 어구에 고기잡이 소형 배들이 줄지어 있다. 에도시대 때, 각국 어선들이 표류하다가 이곳으로 들어오곤 했는데, 조선 어부들을 구라파 상인들에게 노예로 팔거나 하인으로 썼다는 아픈 과거가 숨겨져 있었다. 어쩌면 우리 선조들이 그 시절부터 그곳에 뿌리를 내리고 토착민으로 살아가면서 조선을 그리워했는지 모를 일이다.

조선어학교 대마도는 농토가 아주 적기 때문에 곡식이나 생활물자를 외부에서 조달해야 하는 관계로 일찍부터 본토보다 가까운 조선과 무역을 시작했다. 원활한 무역을 위해 일본인이 학교를 세워 조선어를 가르쳤다는 조선어학교가 긴 역사를 말해 준다. 그 당시엔 크고 웅장했을지라도 300여 년의 풍상을 겪고 난 흔적이 보인다.

모든 물자를 조선에서 조달했기 때문에 대마도엔 우리 조상의 얼이 여기저기 남아 있다. 유쾌한 역사 유적보다 우리 겨레의 얼이 깃든 가슴 아픈 사연이 더 많다. 신라 사신 박제상 순국비와 덕혜옹주 결혼봉축기념비며 최익현 순국비, 조선국역관사조난비가 그걸 증명해 준다.

신라 사신 박제상 순국비 신라 내물왕의 아들 미사흔이 왜의 인질로 잡혀 있는 것을 사신 본인이 왕자의 환국을 요구하러 갔다가 기지를 발휘하여 왕자를 탈출시키고, 박제상은 그 사실이 발각되어 처형당한다.

충절을 지킨 신라의 충신 박제상의 숭고한 뜻을 기리고자 1988년 한국과 대마도의 학자와 유지들이 힘을 모아 비를 건립하고 대마도를 찾아오는 관광객들에게 아픈 역사를 들려주고 있다.

덕혜옹주 결혼봉축비 이국에서 망국의 한을 안고 서럽게 살았던 비운의 황녀 덕혜옹주 결혼봉축비에는 이씨왕조와 소 백작가문의 결혼을 열렬히 축하하고 잘살았다고 쓰여 있다. 하지만 조선 26대 고종의 왕녀 덕혜옹주는 1931년 5월 대마도의 번주 소 다케유키 백작과 정략 결혼하여 불행한 삶을 살았다. 결국 1955년에 이혼하고 1961년에 귀국하여 병환으로 고생하다가 1989년 창덕궁 낙선재에서 향년 91세로 별세하였다.

그녀의 딸 정혜도 결혼에 실패하고 삶을 비관하여 현해탄에 몸을 던졌다. 기구한 모녀의 삶이 가슴을 아프게 한다. 황녀가 아니고 서민이었다면 그토록 비참하게 살지는 않았을 것이다. 비련의 여인들이다.

최익현 순국비 구한말 대유학자이며 구국 항일투쟁의 상징인 최익현 선생이 대마도에서 유배생활하면서 일본인의 밥은 먹지 않겠다고 단식하여 순국했다. 백제의 비구니가 지었다는 수선사에서 장례를 치르고 유해는 부산으로 이송되었다고 한다. 선생의 넋을 기리기 위해 1986년 한일 양국의 유지들이 힘을 모아 수선사에 비를 세웠다는데 우리나라 관광객이 줄지어 찾고 있다.

조선국역관사조난비(朝鮮國譯官使遭難碑) 1703년 음력 2월 5일 정원 108명의 역관사(통역관)를 태운 배가 대마도 와니우라 항구를 눈앞에 두고 급변한 날씨로 인해 좌초되어 전원이 사망하는 대형 해난사고가 발생했다. 당시 한일 선린외교의 실질적인 중계자 역할을 담당하던 역관사들의 영혼을 위로하기 위해 조난현장이 내려다보이는 언덕에 추모비를 세우고, 한국전망대도 세웠다.

한국전망대는 설계 단계에서부터 한국 학자에게 자문을 구하고 건축자재도 한국에서 조달해 지었다는데, 유일하게 우리나라 이동통신이 터지고, 날씨가 좋은 날은 부산을 육안으로 볼 수 있는 곳이다. 한국의 이미지가 살아 있는 팔각정이 정감을 준다.

자랑스러운 조선통신사 그림 임진왜란 후 국교 회복을 위해 조선에 통신사의 파견을 요청해 사절단이 파견되기 시작했는데, 약 4, 5백 명으로 구성된 이 사절단이 한양을 출발, 부산을 경유하여 대마도에 상륙했다가 다시 세토나이카이를 거쳐 에도에 도착하는 화려한 장면을 그린 그림이 쓰시마역사민속자료관에 비치되어 있다. 16.58m나 되는 두루마리에 청도(淸道)기를 선두로 악사, 무인, 통역사, 정사, 부사 등 5백여 명의 통신사를 쓰시마 번주가 호위하며 행렬하는 모습이 자긍심을 심어줘 그림 하나하나를 자세히 감상하며 뿌듯함을 느낀다.

조선과 국교 회복을 위해 쓰시마 번이 전력을 다한 결과 통신사 사절이 약 200년(1607~1811)에 걸쳐 12회나 일본을 방문하며 화려한 행렬로 조선의 힘을 과시했다.

이즈하라의 성문으로 조선통신사 행렬을 맞이하기 위해 만들었다는 고려문(高麗門)도 있고, 에도시대 중기(17C)에 조선에서 유입되었다는 몸집이 조금 크고 목둘레에 흰 띠가 있는 자태가 아름다운 고려 꿩도 조선의 얼과 함께 대마도에 남아 회자되고 있다.

우리 조상의 얼이 깃든 대마도를 한 바퀴 돌아 나오는데 천혜의 자연 풍광이 눈길을 끈다. 수 미터 깊이까지 들여다보이는 청정한 옥빛 바다가 부럽고, 있는 그대로 보존한 울창한 숲이 부럽고, 한 개의 도로를 이용하면서도 개발을 꿈꾸지 않는 그들이 부럽다.

조용한 섬, 조용한 마을, 조용한 주민들, 자연과 더불어 조용히 살아가는 그들이 부러울 뿐이다.(2007년)

섬진강을 따라서

　결혼 22주년 기념일을 핑계 삼아 여행길에 나섰다. 날씨가 부조를 해 줘야 하는데 아침부터 칭얼거리더니 기어이 빗방울이 떨어지기 시작한다. 중부지방만 넘으면 맑아진다 하여 예정대로 출발했다.

　가기 전에 인터넷에서 정보를 얻고, 지도를 살핀 후 떠나기도 했지만, 요즘은 똑똑한 네비게이션이 있어 헤맬 일은 없다. 디지털시대 첨단기기의 효능에 만족감을 느끼며 목적지로 향했다.

　경부선에서 호남고속도로 전주인터체인지에서 빠져나와 남원으로 가는 17번 국도를 타고 자연이 살아 숨 쉬는 무공해 지역을 향해 달린다. 임실을 지나 남원 못미처 춘향터널을 빠져나오자 구례로 가는 19번 국도로 이어진다.

　섬진강을 따라 달리면서도 옆에 따라오고 있는 강이 섬진강이라는 것을 한참 후에서야 알았다. 해가 서산마루로 향해 달려가기에 마음이 바빠서 섬진강이 바라보라며 신호를 보내온 것도 몰랐으니 참 무던한 부부다.

길가에 즐비하게 늘어선 벚나무들이 화려했던 지난달을 뒤로하고 연두색 옷으로 갈아입고 싱그러움을 듬뿍 안겨준다. 굽이굽이 흐르는 강을 따라 달리는데 푸른 물결이 도도히 흐르고 있는가 하면 속살을 드러내듯 한 백사장도 보인다. 강변 곳곳에 섬진강 매운탕을 알리는 간판이 보이지만 기우는 해를 붙잡고자 먹는 즐거움은 뒤로했다.

화엄사와 쌍계사 구례 화엄사가 가까워 오고 있다는 신호가 보인다. 꽤 긴 거리를 장식한 화사한 연등이 유명 사찰임을 알려주고 있다. 심산유곡의 우거진 숲과 양 길가에 늘어선 울긋불긋한 연등의 조화를 비디오에 담았다.

화엄사는 유명세를 타서인지 구례 깊숙한 곳에 있어도 부자 냄새가 났다. 입장료 3,000원씩 내고 사찰에 들어서니 여기저기서 먼지를 날리며 공사가 한창 진행 중이고, 대웅전 앞에 걸린 헤아릴 수 없이 많은 연등 행렬이 그걸 증명해 주었다.

바람에 나부끼는 이름표를 매단 연등에 '극락왕생' 이라 적힌 걸 보니 생로병사라는 인간의 고뇌가 느껴진다. 불자들의 최종 목표는 극락왕생인가 보다. 끊임없이 베풂을 실천하다 보면 그 꿈이 이뤄지지 않을까.

다시 섬진강을 따라 국도를 달리는데 해가 서산에 기운다. 화엄사에서는 입구에서부터 화려한 연등이 맞아주더니 하동 쌍계사에서는 세월 먹은 벚나무가 싱그러운 이파리를 흔들며 반갑게 맞아준다.

늦은 시간이라 입장료 받는 곳은 문을 닫고 길가의 좌판들도 모두 철거한 상태다. 유난히 크게 들리는 계곡물 소리를 들으며 호젓한 산길을

굽이굽이 흐르는 강을 따라 달리는데 푸른 물결이 도도히 흐르고 있는가 하면
속살을 드러내듯 한 백사장도 보인다.

따라 올라간다. 화엄사 가는 길과는 달리 연등이나 고찰에서 서민적인 냄새가 물씬 난다. 계곡에 뿌리를 다 드러내 놓고도 우뚝 솟은 거목이 눈길을 잡아끈다. 강인한 생명력을 가진 나무다.

쌍계사는 요사채가 많아 대웅전을 찾는데 숨바꼭질하는 것 같다. 오래된 유물과 보물이 많고 고색창연함은 쌍계사의 역사를 대변해 주고 있다. 울울창창한 숲 속에 꼭꼭 숨은 쌍계사가 퍽 인상적이고, 아름드리 고목들이 둘러싸고 있는 전경이 자연과 잘 어울린다. 우리 취향과 닮은 사찰이 더 편안하고 포근하게 느껴진다.

가 보지 못한 '운조루' 마지막 좌판을 걷고 있는 할머니한테 고사리를 사들고 쌍계사를 빠져나왔다. 숙박지로 정한 남해를 향해 19번 국도를 타고 가는데 '운조루'로 가는 이정표가 스쳐 지나간다. 구름 속의 새처럼 숨어 사는 집에는 나무로 된 독특한 원통형 쌀뒤주가 있어 찾는 이들이 많다고 한다.

유씨 집안에서 가난한 사람들이나 지나가는 과객들에게 주인의 눈치를 보지 않고 쌀을 가져갈 수 있도록 만든 2가마 반이 들어가는 적선용 뒤주여서 호기심을 더 불러일으킨다. 노블레스 오블리주를 실천한 부자의 얘기가 감동적이다. 운조루에 들러 가지 못함이 아쉽다.

최 참판 댁 '최 참판 댁'이라는 안내판을 보고 악양면 평사리로 들어갔다. 그곳은 대하드라마「토지」를 촬영했던 세트장이었는데 잘 보존하여 많은 관광객을 유치하고 있었다. 늦은 시간이라 손님이 끊긴 상태였고, 해는 졌지만 최 참판 댁을 둘러보는 데는 불편이 없다. 허물어질 것 같은 초가들, 물레방아, 길상이네, 두만이네, 용이, 월선네 주막 등 여기저기에서 낯익은 이름들을 만나니 반갑다.

적막이 감도는 최 참판 댁에 들어섰다. 인적이 끊겨 고즈넉해 보이는 안채, 사랑채, 별당, 행랑채가『토지』속으로 밀어 넣는다. 서희아버지가 삼줄로 살해당해도 몰랐을 정도로 울안이 넓다.

최 참판 댁 대문 앞에 서자 평사리 들판이 한눈에 바라보이고, 멀리 굽이진 섬진강도 보인다. 작가가 평사리를 배경 삼아 대서사시인 장편소설을 집필했다는 점이 글 쓰는 사람으로서 부럽고 존경스러울 뿐이다.

남해 숙소를 향해서 날이 어둑해져서 남해로 발길을 돌린다. 섬진강 변을 따라 아담한 국도를 달리는데 사방이 어두워 자동차 불빛만 보인다. 나야 운전자 옆에 앉아 눈을 즐겁게 했지만, 남편은 종일 달리면서도 시간 절약한다고 간식거리로 끼니를 때웠는데 저녁식사 시간마저 놓치고 있으니 미안하기 이를 데 없다.

네비게이션을 믿고 갔으면 좋으련만, 어쩌자고 희미한 기억만 믿고 짧은 다리를 남해대교로 착각해 엉뚱한 곳으로 달리게 했을까. 네비게이션도 답답한지 길 안내를 하느라고 바쁘다. 운전자가 말을 듣지 않으니 얼마나 답답했으랴.

결국 행인에게 물으니 길을 잘못 들었단다. 그곳은 남해가 아니라 매화마을로 유명한 광양이었다. 어둡다 해도 그렇지 정말 삼천포 샛길로 빠진 것이다. 가던 길을 되돌아나와 다시 19번 국도를 다시 타기 시작했다. 이정표가 확실한 것을 잘못 안내했으니 참 염치가 없어 할 말을 잃고 있는데 웅장한 남해대교가 나온다. 그 다리만 건너면 남해다. 네비게이션만 믿기로 했다.

굽이굽이 산길을 달리다 '가천마을' 을 안내하는 이정표가 나오니 고향친구 만난 듯 반갑다. 작년에 와 봤으니 조금만 가면 되겠지. 굽이진 해안로를 달리고 달려 가천마을에 다다랐다. 불이 환하게 켜진 펜션을 찾아갔더니 가는 날이 장날이라고 단체손님을 받아 방이 없다 해서 또 한참을 헤맸다.

미리 예약을 해 두면 좋은 줄 알면서도 얽매이는 게 싫어 발길 닿는 대로 움직이고자 했던 것이 불찰이었을까. 인터넷에서 찾아보았던 펜션에

가 봤지만 생각만큼 마음에 들지 않아 다시 나와 찾는데 사방이 캄캄하니 답답하다. 배는 고프고 밤은 깊어간다. 길가 간판에 적힌 횟집에 전화해서 위치를 물으니 설명은 하지만 낯선 길이라 알아들을 수가 없다.

선구마을 주변을 돌다가 불이 켜진 집에 들어가 잘만한 곳을 물으니 노부부가 마늘종을 묶다가 아는 집이 새로 지어 깨끗하다며 전화로 주인을 불러낸다. 마중 나온 숙박집 주인을 따라 해안마을로 갔다. 새로 지었다는 민박집은 바다가 눈앞에 있었고, 무엇보다도 전화했던 횟집이 옆에 있어서 10시가 넘어서야 자연산 회와 찌개로 하루 식사를 마쳤다.

바람이 몹시 불어 다음날 외도행 선박이 출항할지 의문이라며 광양의 친구는 그쪽으로 와서 자고 놀다가라고 하지만, 폐 끼치고 싶지 않아 사양했다. 남편은 고단했던지 곤하게 잠이 들고 난 파도 소리에 귀기울이느라고 뒤척였다.

날이 환해서 눈을 뜨니 새벽 6시도 안 되었다. 바람 소리가 요란하다. 창문을 열어 보니 확 트인 바다가 보인다. 방 안에서 해안 풍경을 비디오에 담다가 아예 옷을 걸치고 밖으로 나왔다. 이제 젖을 뗐다는 주인집 강아지가 졸래졸래 따라와 심심하지 않았다. 집밖에서 바다를 양껏 비디오로 옮겨 담고, 막내에게 보여주려고 귀여운 강아지도 카메라 속으로 잡아넣었다.

다랭이 마을 9시 넘어 숙소를 출발하여 밤이라 보지 못했던 다랭이 마을을 찾았다. 짙푸른 남해를 끼고 해안도로를 달리다 다랭이 마을이 내려다보이는 곳에서 층층이 이어진 다랭이를 비디오에 저장하고 마을까지 내려갔더니 더 이상 갈 수 없단다. 다시 외길로 올라왔다. 한번 와 본 곳이라 신비감은 반감되었지만 남편에게 설명해 줄 수는 있었다.

설흘산을 뒤로하고 나앉은 다랭이 마을은 체험학습을 위해 어린이를 동반한 가족이 많이 찾고, 다랭이 마을에서 보는 일출이 장관이어서 사진 애호가들이 즐겨 찾는 곳이다.

아직도 그곳에서는 기계농을 하지 못하고 근대적인 방법으로 농사를 짓고 있다. 작은 다랭이여서 소로 논밭을 갈고, 손수 모내기를 해야 하는 불편은 있지만 자연과 어우러진 풍광에서 우리 옛 풍습을 보는 것 같아 향수가 느껴진다.

금산 보리암 남해 하면 금산의 보리암이 유명하다 해서 찾아보기로 했다. 이번에는 똑돌이만 믿고 따라가기로 했다. 역시 쉽게 찾았다. 이른 시간이라 주차장도 여유 있고 관광차도 그리 많지 않았다. 주차비 5,000원, 보리암까지 가는 미니버스 편도 요금 1,000원씩을 내고 굽이굽이 산길을 4km 이상 올라가는데 감탄사가 절로 나온다. 우리나라에 이처럼 울울창창한 숲이 있다는 게 신기하다.

버스는 관광객들을 보리암 입구에 부려 놓았다. 보리암에 들어가는데 입장료 2,000원씩을 또 내고 연등 따라 올라갔다. 시간이 지날수록 사람들이 물밀듯 밀려오고 내려간다. 유명세를 타고 있나 보다.

젊은이들도 가기 힘든데 수족이 불편한 노인들이 불심을 따라 잘도 올라간다. 산꼭대기에 다다르니 산아래로 남해 상주해수욕장이 한눈에 들어온다. 좋은 절터는 심산유곡의 명당자리에 자리를 잡았더니 과연 그랬다. 절터가 첩첩산중 벼랑 끝에 절묘하게 자리 잡고 바다를 바라보고 있다.

보리암은 해조음을 들을 수 있는 우리나라 3대 관음도량 중의 하나라 한다. 동해안의 낙산사 홍련암과 서해안의 강화도 보문사, 그리고 이곳 남해의 금산 보리암은 수행스님들과 불교 신도들 사이에서 많이 알려진 사찰이라고 한다.

낙조를 바라보며 차량과 관광객들로 인산인해를 이루던 보리암에서 내려와 거제도를 향해 달렸다. 이번 여행의 일등공신은 업그레이드한 네비게이션이다. 낯선 곳에서 망망대해에 떠 있는 등대와 같은 역할을 해 줘 안심이 되었다. 고향집 갈 때는 쓸모가 없더니 꽤 효자 노릇을 하고 있다.

외도행 유람선이 뜬다는 구조라항으로 갔지만 심한 바람으로 철시한 상태여서 넓은 주차장과 가두횟집이 썰렁했다. 우리처럼 기대하고 찾아 왔던 사람들이 닫힌 매표소 문을 원망스러운 듯 바라보다가 발길을 돌린다. 간 김에 회나 먹자 해서 홍삼, 흑삼, 살아 있는 갑오징어를 사들고 포장마차 안으로 들어가 점심 대신 달게 먹었다.

2박 3일의 여행이라 시간은 넉넉해 여유 있게 돌아다녔다. 남해에서 헤맨 고생을 되풀이하지 않기 위해 먼저 숙소를 찾아 구조라해수욕장으로 갔다. 바다를 바라보고 있는 펜션과 민박집이 눈에 들어온다. 눈만 들면 바다를 바라볼 수 있는 깨끗한 집 찾기가 만만치 않다.

정원손질이 잘된 민박집에 숙소를 정하고 나와 해변을 거닐었다. 바람이 분들 어쩌랴. 나이도 잊은 채 연인처럼 팔짱을 끼고 낙조를 바라보며 22개 성상을 뒤돌아본다. 산전수전 겪은 세월, 삼 남매 낳아 건강하게 키우고 양가의 맏노릇하며 그런대로 괜찮게 살아왔노라 자위하며 서로 만나서 행복했다고 손을 맞잡는다.

지는 해를 바라보며 우리네 인생을 생각해 본다. 산 너머로 사라진 석양노을이 아름답다. 우리도 저 일몰처럼 아름다운 인생이 되도록 하자고 다짐한다.

구조라해수욕장에서의 하룻밤 남편은 여행하는 동안 제대로 끼니를 찾아먹지 못함이 서운했던지 회로 포식하려 한다. 횟집에 가서 여러 종류로 회를 뜨고 찌개감이며 반찬과 밥까지 얻어와 숙소에서 찌개 끓여 풍성한 저녁상을 준비했다. 음식점에서 얻어온 밥이 맛있다. 이틀 동안 밥 구경을 하지 못했으니 오죽 맛있을까. 금강산도 식후경인 걸 그제야 알았다.

배가 부르니 다음날 외도행 유람선이 뜰 것인지가 관건이었다. 거제도에 사는 문우에게 문자를 보내니 바로 전화가 왔다. 여행차 경주에 있다며 구조라 근처가 집인데 왜 연락도 없이 왔느냐고 안타까워한다. 하룻밤 더 있다 가라는 말만 들어도 고맙기 그지없다.

외도행 유람선 표는 단체예약 손님을 우선으로 하기 때문에 개인이 구하기가 힘들단다. 아는 사람에게 연락해 놓겠으니 다음날 일찍 와현선착장으로 가라고 이른다. 남에게 신세지는 것을 달가워하지 않아 망설이다 연락했던 것인데, 뜻밖의 정보와 도움을 받으니 안심이 된다.

날씨가 잠잠해져 유람선이 뜨길 바라는 마음이야 간절했지만, 외도에 못 간다 한들 별수 있겠는가. 일찍 귀가하면 길도 막히지 않고, 아이들도 무척 기다리고 있을 테니 가면 되는 것이다.

모든 일이 순조롭게 풀리는 것 같아 마음이 느긋해진다. 여행일지를 쓰며 파도 소리를 자장가 삼아 잠이 들었다.

거제도 해금강 눈부신 햇살이 방 안을 점령했다. 잔잔한 파도를 보니 배가 뜰 것 같은 예감이다. 새벽 6시에 전화로 알아보니 유람선이 뜰 수 있다며 일찍 나오라고 한다. 아침은 라면으로 때우고 서둘러 와현선착장으로 가서 티켓을 받았다.

전날 출항하지 못한 관계로 관광객이 한꺼번에 몰려 대형 관광차가 주차장을 가득 메웠다. 승용차도 차 댈 데가 없을 정도다. 구조라항보다 작은 와현항이 이럴진대 구조라항은 어땠을지 가히 짐작이 간다.

두 번째 출항하는 유람선은 9시 되기 전에 떠났다. 전날의 사나웠던 날씨와 다르게 얌전한 새색시처럼 조용하다. 짙푸른 바다를 가르며 달려가는 유람선, 선장의 구수한 입담이 여행객들의 들뜬 기분을 한층 더 고조시켜 준다. 말도 잘하고 노래도 잘하고 천상 타고난 선장이며 가이드다.

선장이 해금강의 기암절벽에 얽힌 전설을 들려주며 손가락질하는 방향을 본다. 자연의 풍상이 만들어낸 명작들이 바다 가운데에 떠 있다. 그곳에서 뿌리를 내리고 있는 소나무와 식물들의 끈질긴 생명력에 감탄사가 절로 나온다.

유람선이 들어가지 못할 것 같은데 기암절벽 사이의 좁은 통로를 향해

진입한다. 관광객들에게 많은 걸 보여주기 위해 곡예하듯 들어가는데 성
공하여 박수갈채를 받는다.

청정지역의 바다를 보며 기름유출이라는 대형사고로 생업전선을 잃어
버린 태안반도 어민들을 생각해 본다. 삶의 터전이 죽어가고 있는 걸 속
수무책으로 바라보는 심정을 얼마나 이해할 수 있을까. 지구의 마지막
보루인 바다가 오염되지 않도록 잘 보존해야 하리라.

우리나라의 하와이 '외도' 많은 유람선들이 외도를 향해 달려가고
있다. 서로서로 양보하고 질서를 지키며 접안하고 있다. 우리가 탄 환
타지아 2호는 다른 유람선과 쉽게 구별할 수 있다. 앞뒤로 대형 십자가
를 달고 있기 때문이다. 외도를 구경할 수 있는 시간은 1시간 30분가량
이다. 시간 약속을 한 뒤, 어린아이들처럼 배 이름표를 목에 걸고 외도
에 내렸다.

화살표를 따라 입구에 들어서는데 손질이 잘된 대형작품이 관광객을
압도한다. 개인이 이 섬을 사서 30여 년을 가꾼 결과, 오늘의 결실을 낳
았다. 말이 30년이지 척박한 땅을 일궈 기후에 맞는 나무를 찾아 심고 가
꾸기가 좀 쉬웠을까.

열대식물이 많은 것을 보니 외도와 궁합이 잘 맞는 모양이다. 키다리
야자수와 대형 용설란, 거대한 선인장, 동백 등으로 조림이 잘되었다. 우
리나라의 하와이라 일컫는다는데 열대식물이 많고 기후가 온화해서인
가 보다. 천연보물을 둘러보는 것처럼 눈부시다. 온갖 식물이 건장하게
잘 자라고 있는 이곳을 보고자 그렇게들 밀려들고 나가는 모양이다. 그

218

럴만한 가치가 충분히 있다. 우리나라 어디에서 외도의 식물원을 볼 수 있을 것인가. 입장료 8,000원이 아깝지 않다.

비싼 값 치러가며 외국으로 발길을 돌리지 않아도 내 나라 땅에 이 같은 귀한 보물섬이 있다는 것이 자랑스럽다. 피땀 흘려 가꾼 사람들이 있기에 관람료만 내고 편히 구경할 수 있는 것이다.

관광객이 서로 부딪치지 않도록 돌아보는 코스도 잘 만들어 구석구석 놓치지 않고 구경할 수 있게 했다. 배경 좋은 곳곳에 사진 촬영할 수 있도록 한 배려 또한 감사하다. 갖가지 새소리가 끊이지 않고 꽃향기가 코를 간질이며 풀내음이 머리를 맑게 해 준다. 천당이 있다면 바로 이런 곳이 아닐까.

외도를 한 바퀴 돌아 나오는데 1시간 30분이면 충분한 시간이다. 차도 마시고 사진도 찍고 천천히 감상하며 돌아 나와 약속시간에 맞춰 선착장에 도착했다. 십자가를 단 유람선이 관광객을 모시러 오고 있다.

한 명의 낙오자도 없이 모두 제시간에 배에 올라탔다. 선장 겸 가이드의 입담과 명가수 뺨치는 노래를 듣다 보니 금세 와현선착장에 도착했다. 짧은 시간이지만 즐겁게 해 준 선장에게 박수갈채를 보내는 관광객들의 얼굴이 환해 보인다.(2008년)

복희의 고향을 찾아서

동(童)수필집 『복희 이야기』를 출간해 놓고, 추억 속의 고향을 찾았다.

순전히 유년의 기억만으로 동수필집을 묶어 놓고 보니 복희가 자라던 그 시절 그곳이 그리웠고, 흑백사진처럼 각인된 60년대의 그곳이 얼마큼 변했을까 궁금하고, 제대로 그렸는지도 확인하고 싶었다.

주 5일제 근무 덕에 여유를 부리며 출발했다.

부안 인터체인지를 벗어나자 동진면 외가동네 성근리가 한눈에 들어온다. 많이 변했다. 마을 앞의 허허벌판에 서해안고속도로가 생기고 시간버스가 지나던 좁은 신작로는 아스팔트길로 바뀌어 많은 차량이 씽씽 달린다.

외갓집을 둘러쌌던 뒤뜰의 대나무 숲이 뭉텅 잘리어 나가고, 온갖 풍상을 겪은 잔등 너머의 동청마루가 옛 모습 그대로 을씨년스럽게 서 있다. 밥상만 들어오면 가족이 생각나서 슬그머니 일어나 잔등으로 가서 엄마를 목메게 부르며 울었는데…… 그 얘기를 막내에게 들려주는데 목이 메고 눈물이 고인다.

외가에서 보낸 유년 시절이 주마등처럼 스친다. 동네 골목길이며 많은 사람들이 이용하던 공동 우물가, 아름드리 팽나무에 동아줄로 만든 그네를 타며 하늘 높이 오르던 기억, 외할머니를 따라 외가 친인척 집에 가서 돌이나 백일 떡을 얻어먹던 일, 옆집 순이와 공기놀이, 소꿉놀이하던 일도 어제 일 같다.

삼대독자인 외삼촌이 외지에 나가 새살림을 차렸지만 외할머니와 외숙모는 누구를 원망하는 일 없이 서로 의지하며 다정하게 살았다. 외숙모는 남편을 도시 여자에게 빼앗기고도 시어머니인 외할머니를 봉양하며 얼마 남지 않은 전답에 전력을 다했다. 남정네가 해야 할 똥지게 지는 일이나 거름 내는 일, 농약 주는 일을 손수 하며 수시로 드나드는 조카들을 마다 않고 반겨주었다. 이미 이 세상에 안 계신 두 분을 생각하니 가슴이 뻐근해 온다.

남편은 나의 말을 좇아 동진초등학교 쪽으로 차를 돌린다.

아스팔트로 변한 길을 타고 옛 기억을 더듬어 시간버스가 멈추던 삼거리에 도착했다. 그렇게 크고 넓던 초등학교가 초라하다. 운동장 둘레에 빙 둘러섰던 아름드리 플라타너스 나무가 삭발을 하고 휑한 모습으로 서 있다.

운동회 날이면 인산인해를 이루던 학교 운동장, 교실이 모자라 운동장에서 수업하는 날이 많았는데, 지금은 교실이 남아돌아 특기적성이며 특별교실로 바뀌고 유치원까지 들어섰다.

점방에서 올려다봐야 할 정도로 높던 교문은 한결 낮았고, 교문 앞에 즐비하던 문구점이며 점방은 다른 용도의 건물들이 들어섰다. 교문 앞에서 기다리고 있다가 점방에 가서 여러 학용품과 맛있는 붕어빵이며, 풍선껌, 쫀드기 과자를 사주시곤 하던 외할머니가 무척 그리워진다.

남편은 문포 가는 길로 차를 천천히 움직여준다. 5년 동안 오가던 신작로다.

학교가 파하면 책보를 허리에 둘러메고 친구들과 삼삼오오 떼를 지어 신작로를 걸었다. 봄이면 살갗을 간질이는 봄바람과 여린 새싹이 반기고, 여름엔 고추잠자리 떼를 쫓고, 가을이면 황금 들판과 코스모스를 배경 삼아 오고가던 시오리 길인 신작로가 2차선으로 단장이 잘되었다.

들판에 사료공장과 원예하우스가 들어서고, 큰 길이 사통팔달로 나 있어 농사만 짓던 60년대의 모습은 그 어디에서도 찾을 수 없다. 반곡리 삼거리에 있던 점방과 이발소는 흔적이 없고, 떡방앗간은 그대로인데 인적이 없다. 무섬증을 일게 하던 반곡리 산 그림자도, 외딴집도 눈에 띄지 않는다.

죽림리 다리 옆에 있던 수문이 왜소해 보인다. 버스정류장인 다리는 튼튼하게 새로 놓이고, 죽림리로 들어가는 똘길이 대로로 변했다. 그렇게 멀던 죽림리가 코앞에 펼쳐진다.

복희가 살던 죽림리로 바로 들어가지 않고 안성리와 산월리를 지나 문포로 향했다. 알싸한 갯내가 코끝을 스친다. 갈매기 소리가 가까워온다. 작은 어촌이던 문포에 현대식 양옥집이 보인다. 초등학교 동창이 공장에 다니며 남동생을 가르쳤는데 그 동생이 출세해 지은 집이다.

고깃배가 드나들던 문포항, 백열등 아래서 젓가락 두들기며 손님을 끌어들이던 선술집도, 고기잡이로 생계를 유지하던 사람들도 모두 떠나고, 폐허가 된 어판장만이 풍미했던 시절을 잊지 못하는 듯 바닷바람을 견디며 제자리를 지키고 있다.

뚝방에 올라 바다를 바라본다. 그 많은 어선은 보이지 않고 폐선이 된 배들이 개펄 여기저기에 처박혀 썩어가고 있다. 그 시절만 해도 이 어촌은 활기가 넘쳤다. 생선과 젓갈을 사러 리어카나 지게를 지고 많은 사람들이 오가던 항구가 문명에 밀려, 개발에 밀려 쇠락했다.

젊은 해안 경비병이 외투 깃을 세우고 보초를 서고 있다. 인적이 없는 쓸쓸한 포구를 돌아 나오는데 목안이 싸하다. 유년의 한 부분을 도둑맞은 기분이다. 섭섭함이 목울대를 아프게 한다.

복희가 태어난 곳 죽림리로 향하는 길이 여럿이다.

리어카 하나 다니지 못할 정도의 샛길이 기계농으로 바뀌면서 대로로 변했다. 길은 사통팔달이라 어떤 길에서든 만날 수 있지만, 유년의 기억을 좇기로 했다.

죽림리 다리 수문에서 죽림리로 난 길을 택했다. 아스라이 멀던 똘길이 눈 깜짝할 사이에 마을로 이어진다. 먼저 동북초등학교로 향했다. 1회 졸업생인 복희는 몇 칸 안 되는 학교에서 1년 공부하고 졸업했다. 죽림리 뒷산을 깎아 만든 학교 덕에 편하게 학교 다녔다. 벌써 40여 년의 세월이 흘렀다. 몰라보게 변한 것이야 당연지사다.

쉬는 날이라 교정엔 인기척이 없다. 운동장은 정원으로 바뀌고, 계단 아래쪽으로 새로 만든 운동장에서 인근의 주민들이 축구와 농구를 하고 어린아이들이 신나게 놀고 있다. 복희의 유년 시절엔 마을 뒤쪽에 있는 바닷가 갯벌에 가서 그렇게 놀았는데 상전벽해다.

문명의 혜택으로 윤택해진 마을을 더듬어 가 본다.

아침마다 애향단이 모여 체조하고 마을 청소를 시작하던 아름드리 팽나무가 묵은 세월을 증명해 주고 있다. 주변의 밭은 널찍한 양옥들과 특수작물 하우스가 들어앉았고, 좁은 동네길이 차량이 드나들 수 있을 만큼 넓어졌다.

마을 어귀의 말집 부근에도 양옥 몇 채가 들어서고 동네 아이들의 놀이동산이었던 소나무 동산이 황토밭으로 변했다. 할머니의 터전이던 밭뙈기 한 귀퉁이에 복희할머니가 잔디 옷을 입고 누워계신다. 돌아가셔서도 그 터전을 지키고 계시는가.

성인이 된 복희가 마을을 휘젓고 다닌들 아는 사람이 있을까마는 마을 곳곳을 다니고 싶은 마음이 사라진다. 너무나 변해버린 고향마을을 보고 나니 이유 모를 설움과 섭섭함이 빈구석을 가득 채운다.

마을 사람들이 모여 윷놀이하고, 튀밥장수, 엿장수, 아이스깨끼 장수가 머물던 점방자리도 흔적이 없다. 임실 당숙모 집을 산 복희 작은아버지가 점방자리까지 사서 벽돌담을 쳤다.

텃논을 메워 넓혀진 점방 앞길은 찻길로 변해 시간버스와 차량들이 수시로 드나들고 있다. 응살할매네 집 앞으로 지나가면 복희네 논배미가 나오고 그 옆에 방죽이 나와야 하는데 방죽 대신 광활한 논이 펼쳐진다. 동네 어른아이 할 것 없이 여름이면 물고기를 잡고, 겨울이면 썰매 타던 방죽이 논으로 변했다.

계화도를 막아 일군 간척지로 인해 타관 사람들이 복희네 동네로 이사

를 오고, 동네 사람들은 도회지로 나가는 바람에 집성촌이 무너진 지 오
래다.

　수십 성상이 지나는 동안 복희의 고향이 그렇게 변해 갔다. 유년의 기
억을 좇아 찾아온 복희의 고향은 『복희 이야기』 속에서나 만나야 할 것
같다. (2005년)

추억의 골목길

외출하고 돌아오는 길에 더위를 식힐 겸해서 새롭게 단장한 골목 입구의 제과점에 들어갔다.

"어서 오세요."

상냥한 목소리의 주인공을 바라보았다. 어딘지 낯익은 얼굴이었지만 생각이 나지 않는다. 두 아이가 저희들이 좋아하는 색깔의 아이스크림을 고르고 있는 사이 미소를 잃지 않고 서 있는 여주인과 몇 마디 주고받았다.

"어서 많이 뵌 분 같은데 생각이 안 나네요. 실례지만 전에 어디에서 사셨어요?"

"서울 대림동에서 화장품 가게를 했었어요."

그제야 생각이 났다. 대림2동 골목길에 즐비하게 서 있던 가게 중의 하나인 화장품 가게. 액세서리와 스타킹 외에 여성에게 필요한 여러 가지 물건을 놓고 팔았던 새댁은 나를 추억의 골목길로 밀어 넣었다.

다니던 직장과 가까웠던 곳도 아니었는데, 왜 대림2동에서 벗어나질 못했을까. 고향 땅을 벗어나 본 적이 없던 내가 동경의 대상이던 서울에 상경한 것은 70년대 후반. 한 울타리 안에서 같이 자랐던 막내 고모가 지척에 있다는 이유 하나로 대림동과 긴 인연을 맺게 되었다.

당시만 해도 구로공단역 부근과 대림동, 신도림동 일대는 연탄재를 부수어 넣은 밭에 배추와 시금치, 토마토 같은 야채를 재배하여 시장에 내다 파는 준농의 가구가 많았다.

장맛비가 쏟아지는 여름철이면 하천이 역류해 물바다를 이루었고, 하천물이 한번씩 휩쓸고 지나간 자리엔 시커먼 진흙과 쓰레기가 산을 이루었던 곳이 지금은 흔적조차 찾아볼 수 없을 정도로 많이 변했다. 자주 범람하던 하천이 정비되고 그 위로 지하철 2호선이 레떼의 강을 건너버린 양 달리고 있다.

변두리의 채소밭 자리엔 높은 빌딩과 아파트 단지가 들어섰고, 진흙탕 골목길이 보도블록으로 단장을 해서 산뜻해졌다. 대림2동 중앙시장은 시골 장터를 연상시킬 정도로 질척거리는 바닥에 좌판이 즐비했는데, 지금은 대형 유통센터가 생겨 인근의 상가들까지 한 등급 격을 높여주었다.

직장인 한전 사옥이 명동에서 여의도로, 여의도에서 청담동으로 10여 년에 두 번이나 이사를 했지만 대림2동에서 벗어나질 못했다. 남동생이 다니는 대학이 신림동에 있어 교통도 좋고, 거리상으로 알맞은데다 집세도 안성맞춤이었기 때문이다.

수년간 같은 곳에서 출퇴근 버스를 이용하다 보니 매일 만나는 직원들

당시만 해도 구로공단역 부근과 대림동, 신도림동 일대는 연탄재를 부수어 넣은 밭에 배추와 시금치, 토마토 같은 야채를 재배하여 시장에 내다 파는 준농의 가구가 많았다.

끼리 자연스럽게 골목 어귀에 있는 포장마차 출입이 잦았다. 보수성이 강했던 내가 퇴근시간에 남자 직원들과 어울려 포장마차에서 꼼장어란 것을 먹어 본 것도 그때가 처음이었다.

회사의 지원을 받아 미국의 명문대에서 박사학위를 받았던 J과장, 종가의 맏아들이면서 딸만 넷을 둔 술 좋아하는 K계장, 동생이 국가대표 축구선수라고 자랑하던 잘생긴 H계장.

소주 한잔 못하면서도 그분들과 어울려 회사 동정과 정치, 경제 문제를 논하며 남녀가 동등한 것처럼 착각에 빠지곤 했던 것이 이십대 후반이었

228

다. 새삼 그분들의 근황이 궁금해진다.

나의 두드러진 행동은 주로 겨울철에 나타나곤 했다. 7시 20분에 도착하는 통근버스를 타기 위해 새벽 공기를 가르고 달리는 구두 굽 소리가 골목의 지축을 뒤흔들었다는 사실은 오랜 시간이 흐른 뒤에 알게 되었다. 어스름한 시간에 대문을 나서면 곧게 뻗은 골목길을 이십여 분 걸어야 했는데, 처음엔 잰걸음으로 시작하다가 끝내는 달리곤 했던 것이다.

골목 안의 많은 가게 중 이른 시간에 문 여는 가게는 딱 한 곳뿐이었다. 미니슈퍼를 시작한 지 얼마 안 되는 젊은 아저씨는 내가 가게 앞에 도착할 즈음이면 우유와 빨대, 카스테라 하나 넣은 작은 봉지를 건네주었고, 나는 약속이라도 한 듯 돈과 맞교환하며 종종걸음 쳤다. 그 아저씨 덕분에 우아하지는 않았지만 통근버스 안에서 아침식사를 거뜬히 해결할 수 있었다.

클래식 음반을 틀어 놓고 앉아서 커피를 즐기던 양품점의 젊은 댁은 가끔씩 들러 눈요기만 하는 나에게 새 옷이 들어올 때마다 그냥 갖다 입고 월급 타면 갚으라고 선심을 쓰곤 했지만, 난 한번도 그 선심을 받아들이지 못했다. 다만 양품점 앞을 지나가는 행인에 불과했던 나를 신뢰해준 점만은 항상 고맙게 생각했다.

문구점을 하는 부부와 양화점을 하던 부부는 거래를 많이 하지 않았는데도 친절했고, 중매까지 하려고 애를 많이 써주었다. 그분들의 성의와 아버지의 불같은 성화가 맞물려 동네 다방에 가서 선을 보긴 했지만, 성사되지 못함의 껄끄러움이 문방구나 양화점 앞을 지나다니기 쑥스럽게 만들기도 했다.

  양장점과 푸줏간, 개인 피아노 집의 노처녀, 미용실의 독신녀는 한 동네에 팔구 년 살면서 알게 된 지기들이다. 80년대만 해도 그런 대로 인정이 오고 갔던 시대였으니 삭막한 오늘을 생각하면 격세지감을 느끼게 된다.

  결혼과 동시에 그곳을 떠난 지 수년 만에 추억의 골목길을 찾았다. 골목 어귀에 있던 안국약품 자리엔 견고한 대형건물이 들어섰고, 그 옆의 식당가는 여전히 식당으로 남아 있었지만 날로 고급스러워지는 식당과는 거리를 두고 있었다.

  만원버스에서 우연히 만난, 하모니카와 휘파람을 잘 불어 인기가 좋았던 연로하신 수학선생님을 대접하며 십 년 이상의 공백을 메웠던 식당도 그대로 있었다.

  골목 안의 낡은 집들이 높은 건물로 바뀌어 골목길이 답답했다. 추억을 더듬으며 걷고 있는데 갑자기 누가 와서 내 손을 꽉 잡았다. 자세히 보니 전에 살았던 집주인 아주머니였다.

  매달 한 번씩 봉투에 넣은 사글세를 주기 위해 그것도 밤에만 만났기에 주인집에 대해서 아는 게 별로 없었다. 어린 아들 형제가 있어서 어린이날이나 성탄일에 과자봉지를 몇 번 전한 기억뿐인데, 아주머니는 친정엄마처럼 반겼다.

  "아가씨가 결혼했다는 소식은 들었어예. 남편은 무엇 하는 사람인교. 그 뭐꼬 서울대 다녔던 남동생은 어찌 되었어예?"

  "남편은 공무원이고 동생은 유학 다녀와 대학에서 강의하고 있어요."

  "잘 되었네예. 골목 아줌마들이 아가씨 얘기 많이 했어예."

230

정작 한집에서 수년 동안 살 때는 친교적 말 한마디 없던 경상도 아줌마가 내 등을 토닥거려 주며 살갑게 대했다. 난 그제야 어떤 수수께끼에서 풀려난 기분이 들었다. 골목 안 사람들이 내게 베풀었던 친절이 어디로부터 온 것이었는지를 어림잡을 수 있었던 것이다.

세태의 흐름에 따라 골목 안의 가게들도 업종이 모두 바뀌었다. 양장점이나 양화점 대신 전자오락실이 생기고 기성화, 옷가게, 비디오점이 즐비했고 새벽같이 일어나 물건을 진열하던 아저씨만 가게를 곱절로 넓혀 맞은편으로 이전해 있었다.

가게에 들어서자 부부가 용케도 알아보고 반겨주었다.

"축하 드려요. 아저씨가 부지런할 때부터 이렇게 잘될 줄 알았어요."

어느새 가족이 늘어난 이들 부부를 보며 '일찍 마당 쓴 놈이 밥 한술 더 먹는다.'는 속담이 그르지 않다는 것을 깨달았다. 열심히 살아가는 골목 안 사람들이 잘되기를 빌며 돌아왔던 날이 언제였던가.

우리 가족은 아저씨가 빵 굽는 기술을 배우는 바람에 안양까지 오게 되었다는 제과점의 단골이 되었고, 여주인의 상냥한 목소리와 잔잔한 미소에서 제과점의 밝은 앞날을 내다볼 수 있었다.(1999년)